风·云·城砦

KAZE TO KUMO TO TORIDE

[日]井上靖 著
张梅 译

重庆出版集团
重庆出版社

KAZE TO KUMO TO TORIDE
by INOUE Yasushi
Copyright © 1953 by The Heirs of INOUE Yasushi
All rights reserved.
Originally published in Japan.
Chinese (in simplified character only) translation rights arranged with
The Heirs of INOUE Yasushi, Japan
through THE SAKAI AGENCY and BEIJING KAREKA CONSULTATION CENTER.
Simplified Chinese translation copyright©2024 by Chongqing Publishing House Co., Ltd.
All rights reserved.

版贸核渝字（2022）第201号

图书在版编目（CIP）数据

风·云·城砦 /（日）井上靖著；张梅译. -- 重庆：重庆出版社，2024.10. -- ISBN 978-7-229-18885-6
Ⅰ. I313.45
中国国家版本馆CIP数据核字第2024T72Y20号

风·云·城砦
FENG·YUN·CHENG ZHAI

［日］井上靖 著　　张梅 译

责任编辑：魏雯　许宁
装帧设计：谢颖设计工作室
责任校对：何建云

重庆出版集团 出版
重庆出版社

重庆市南岸区南滨路162号1幢 邮政编码：400061 http://www.cqph.com
重庆出版社艺术设计有限公司 制版
重庆豪森印务有限公司 印刷
重庆出版集团图书发行有限公司 发行
E-mail:fxchu@cqph.com　邮购电话：023-61520646
全国新华书店经销

开本：890mm×1230mm　1/32　印张：11　字数：218千
2024年10月第1版　2024年10月第1次印刷
ISBN：978-7-229-18885-6
定价：88.00元

如有印装质量问题，请向本集团图书发行公司调换：023-61520678

版权所有　侵权必究

目录 / Contents

- **001** 新战场
- **027** 川波
- **051** 乌鸦
- **079** 冰雹
- **111** 春阳
- **139** 风
- **169** 火箭
- **203** 长枪
- **229** 水闸
- **249** 天正三年
- **269** 石头占卜
- **287** 设乐原
- **303** 长筱之战
- **323** 附录　井上靖年谱
- **337** 译后记

新战场

山名鬼头太在睡梦中打了一个寒战，惊醒了过来。他掀开身上盖的几张草席，站起身来。因为好像隐约听到了枪声。天色已蒙蒙亮。也许是心理作用，在黎明时分的薄明中，眼前小巧的野田城呈现出完全不同于昨日的宁静。

其他人都还没有醒来。放眼望去，他所站立的小丘简直是一片草席之海，草席下面，响亮的鼾声此起彼伏。

他的确听到了火枪声，但又怀疑自己在做梦。在这个寒冷的清晨，草席上凝结着白霜。他的手摸了摸一个月没剃的胡须，胡须咔嚓作响，原来是结冰了。

又听到了枪声。这次不是做梦，枪声来自野田城的另一边，四五个武士从草席下坐起来。

"怎么回事，还在打吗？"一个人对鬼头太说。

这时，第三次枪声响起。然后以此为信号，又连续听到了四五声枪响。

只见草席如海面波浪般翻滚，二三十人一齐坐起身来。

交战早在昨晚戌时（晚上七至九时）就结束了，敌将营沼定盈已经打开城门，投靠鬼头太的武田阵营。其麾下军队昨晚应该已从城中撤退。

这时，一个骑马武士裹挟着寒冷的空气，向小丘疾驰而来。

"从城中撤出的一小撮敌军还在城背后顽抗，影响局面稳定。上面有令，须立即驱散他们！"

鬼头太心想：妈的，这都什么事儿啊？有这念头的不止鬼头太。

"毫无意义的挣扎！"

"那群傻瓜，非要找死？"

抱怨声处处可闻。大家都战斗了一个月，好不容易睡个囫囵觉，突然被搅了好梦，非常不满。

这边是信玄、胜赖率领的武田军，以及两年前归顺武田并在此役中担任向导的地方豪族，兵力共计两万人。而对方已失去将领，原有九百人的队伍，在一个月的守城过程中兵力折损大半，所以剩下最多不会超过四百人。并且这些人中，不是所有的都会奋起反抗，大多肯定早已趁着夜色逃之夭夭，也就只有一小撮蠢货在做垂死挣扎。

"谁能过去打仗？"对面传来了这样的声音。

大家都不想出战。毕竟昨日刚刚攻下城堡，谁也不想为了扫荡残敌而再次置身危险之中。

但是,山名鬼头太觉得自己可以出阵。他从腰上印盒里取出一块小石子,把它紧握在手掌里,然后打开。

结果正面朝上。

于是,鬼头太低声道:"好,那我就上吧。"然后去松林里,唤上了三十个部下。

鬼头太召集部下走出松林。除鬼头太的部队之外,还有好几支三四十人的小部队也一起离开了松林。这些人觉得,虽然是扫荡残敌的小事,但也未必不是扬名立万的机会。

一离开松林,其他部队就跑了起来。只有鬼头太的部队慢慢地走着。

距城还有四五百米,就感觉到空无一兵的城散发着诡异的气氛。昨天还是险要坚固的要塞,今天已大变样,像是几百年前就被打垮的废城。

"嗖"的一声,一枚枪弹打到鬼头太脚下的地面上。与此同时,呐喊声自远处响起。

"小子们,快点!"

鬼头太冲身后的部下们大喊一声,立刻进入战斗状态。他奔跑时,一双大眼睛闪闪发光,宛如瞄准猎物的鹰眼。

城边出现两条岔路,鬼头太跑到那里,伸开了一直紧握的拳头。

他想，如果石头正面朝上的话，就去左手边的丘陵；如果背面朝上的话，就沿右手边的河川前进。他完全无法判断应该去哪里。要是能碰到敌军大人物就好了，但那要靠运气。

结果是正面朝上，于是鬼头太取道左手边的丘陵。

"不要贪生怕死！"他向部下怒吼，也是在说给自己听。

鬼头太在任何一场交战中都没有感到过害怕。无论是本领还是胆量，他自认为能超过自己的人屈指可数，更何况现在是对付野田城的残兵。

刚走出松林，前面突然出现了四五十人，显然是敌人。这些人肯定是不屑于苟且偷生。鬼头太站在正前方，朝那个方向跑去。他觉得不管和谁交手都能取胜。可是，当他看清面前的对手时，不禁喊出声来："三藏！"

没想到会碰上这家伙，只有这家伙我打不过，他想。俵三藏的本领比鬼头太明显高出一大截。虽说现在是敌人，但两年前都在长筱城为德川军效劳。当长筱城落入武田手中时，三藏不肯投降，跟其他几个武士溜出了城。只是没想到他居然会加入野田城的守城军。其实这也没什么不可思议的。

俵三藏别名"枪三藏"，如今也仍提着长枪。他摆出架势，勾着将近六尺的大块头身躯，姿势低得恨不得趴到地面上，一动不动地窥视着这边。鬼头太也一点点向比自己本领更高强的对手逼近，因为这就是上天赐予他的今日时运。

俵三藏自下而上窥伺着他。时隔两年见面，本应有"喂""你好"之类的问候语。可这个男人对鬼头太只有憎恨和轻蔑。

他天生沉默寡言，动作迟缓，只有捻枪的时候，高大的身体才显得勇猛无比。他像一块巨大的岩石一样蹲在那里，挡住对手前进的道路。

"三藏，来吧！"鬼头太也在向他今天的霉运喊道。

这边俵三藏也面无表情，胡子拉碴的脸上唯有眼睛闪着精光。

突然，鬼头太一个部下从右边砍了过去，三藏将枪一闪，堪堪避过。虽然部下抽刀迅速，但三藏的枪更是快捷。

啊！部下大腿被刺伤，被按倒在松树底下。三藏拔出长枪的同时，部下向前扑倒在地。来往之间，三藏的眼睛依然盯着鬼头太，完全找不到砍杀的破绽。

远处突然响起一阵马蹄声，不止十骑或二十骑。鬼头太架着刀一点点后退，因为他比较在意那马蹄声。

这时，俵三藏的枪刺了过来。鬼头太使劲跳到对方身边，同时又突然退了回来。枪再次刺了过来，二人围着松树团团转，根本分不清是谁在追谁。就在这时，马蹄声也渐渐变大。几百骑乃至几千骑的马队，如波涛般滚滚而来，穿过了这个丘陵遭遇战场。

等鬼头太回过神，发现自己孑然一身坐在草上。三藏的身影不见了，刚才到处斩杀的部下们的身影也消失了。只见在距离二间之地，骑兵队伍如一股黑流，气势磅礴地奔跑着，连绵不绝，无休无止。

为了不被马蹄践踏，鬼头太提刀在手，又顺着丘陵往下走了五十多米。

过了良久，骑兵队伍最后一骑才离开了。如同暴风雨过后，鬼头太愕然地瞪大眼睛，一直目送着在几个小丘的背脊中渐渐变小、时隐时现的兵团，最后只剩下"风林火山"的旗帜还鲜明地在鬼头太眼前逗留。刚才不过是一场小小的战斗，无论是失败还是胜利，武田军的主力一点都没受到影响。

"吁……"鬼头太大大呼出一口气。在刚才那支部队里，有久闻大名却无缘得见的信玄吗？现在野田城已攻陷，部队主力很快就要转移到下一条战线吧？

话说回来，三藏那家伙呢？

他环顾四周，却没有发现俵三藏的身影，和他一起出现的敌兵也都消失不见了，仿佛大家都被一阵风卷跑了。过了一会儿，部下们手里握着刀，三五成群地从树荫和草丛中出来，个个都是一副被吓傻了的样子。

　　鬼头太清点了一下，一死两重伤。死者是被俵三藏杀死的。

　　敌人似乎是因为打了一仗而一扫郁闷，趁着刚才骑兵队伍混乱之际一个不剩地溜之大吉了。

　　尽管如此，鬼头太还是觉得俵三藏的枪法很厉害。如果和三藏继续交手的话，自己说不定会死在那家伙的枪下。

　　三藏的外貌和动作看起来非常笨重迟钝，为何耍起枪来就那么精悍，真是不可思议，简直像脱胎换骨一样，连眼睛都变得炯炯有神了！

　　踩着冻土，鬼头太一行踏上了归途。一个部下背着被俵三藏刺死的年轻人的尸体，尸体几乎从他背上滑落下来。两个重伤者被人左右勉力搀扶，慢吞吞地行走着。另外还有五六个人跛着脚走路，实在不是凯旋后英姿飒爽的模样。这没办法，谁让鬼头太今天一直走背字呢。

　　途中从旁边道路上走来另一支队伍，走在鬼头太的队伍前面。中间有一位被五花大绑的武士被很多人围着，这人很显然是俘虏。鬼头太走上前去，叫住了走在前面队伍最后的一个杂兵。

"是俘虏吗？"

"正是。"对方不是武士，却用武士的口气回答，"我们俘虏了设乐贞通。"

"设乐？你骗人！"

"我没骗你，我们从一开始就只盯着他，不顾其余。"

"如果是真的，那太了不起了。"鬼头太叹了一口气。

他的队伍里出现了死伤，而前面的队伍居然俘虏了设乐贞通。简直天壤之别。

说起设乐，他是守城部队中闻名遐迩的武将。就连鬼头太也听过"智多星"设乐这一名字。这个小小的城堡之所以此次被武田的两万大军包围后还能支撑一个月，据说就是因为这个城堡的副将设乐下令把城门紧闭，除晚上以外绝不出城打仗。

俘虏了设乐！这些家伙肯定会得到巨大的奖赏。

他想，如果当时自己手掌中的石头露出背面的话，自己绝对不会去丘陵的方向，也不会撞上"枪三藏"，部下也不会死伤，说不定也能碰上这样的好运。

那位背着不幸牺牲者走路的部下脚步踉踉跄跄。鬼头太见状，恼怒地说："磨磨唧唧，谁来替他一下！"

微弱的晨光照射在洒满冰霜的路面上。右边的悬崖下，青黑色的川流澎湃荡漾，波涛汹涌。

武田军开始进入野田城大约是在中午时分。具体说来，是元龟四年（1573）二月十一日午后。

这座城堡之所以会被攻陷，是因为马场信春麾下的一支部队在风雨之夜，乘敌人不备攻击西廓，切断了水道。这次交战中立下最高殊勋的部队打头阵，其余部队紧随其后，渡过了在龙渊（野田城的壕沟名）新搭建的桥。

鬼头太登上丘陵，从远处瞭望。因为城堡很小，不能全军同时入城，所以只有在这次合战中立下显赫战功的部队才能入城，以此作为殊荣。

除了武田信玄率领的甲斐势力之外，俗称"山家三方众"的三方，分别是作手城的奥平氏、田峰城和长筱城的两位菅沼氏，他们都参加了这次交战。山家三方众的任务是担任甲斐势力的向导。他们原本属于德川一方，两年前被武田军打败，加入了武田阵营，可以说是外围军队。在这山家三方的部队中，被选为入城部队的只有今天早上俘虏设乐贞通的作手城奥平氏的一部分队伍。

山名鬼头太坐在远远的丘陵上，眺望着他们进入野田城，就像倒霉蛋看着幸运儿。

入城进行得非常缓慢。领头部队入城不久，旌旗部队向城堡进发，很显然这是信玄大本营入城。在冬日阳光的照耀下,数百面旌旗闪着白光,就像一大片薄芒草的穗子。

鬼头太了解到,在今早的小战斗中,旁若无人地突围而去的那支威风凛凛的骑兵队伍由信玄嫡子胜赖率领,而不是总指挥者信玄。

"运气真好哇!"鬼头太艳羡地说道。

在鬼头太看来,信玄也不过是个走运的人而已。在战国时代能够崛起的男人都是走运之人,而绝不是靠其他东西。

人的命运全看骰子,也就是全凭运势。小人物的见识和好运都是有限的。运势!运势!不管怎样,必须抓住好运!这就是山名鬼头太的生活信条。

他的父亲运势不佳,在三方原之战中加入德川军,战死了。和父亲相反,他哥哥当时加入了武田军,同样时运不济,最终在同一场战斗中战死了。

如果运气好的话,他的父亲和哥哥虽然不一定叱咤三军,但也许会成为一方武将。山名家是三河长筱的名主①。虽然不过一介名主,但与时下盛极一时的武将们的姓氏相比也毫不逊色。

继走大运的信玄入城之后,走小运的部队也陆陆续续进入了城堡。

---

① 名主是指日本从平安时期到中世一直存在的、拥有农田并承担纳贡等责任的农业经营者。——译者注

"我也要抓住好运！"鬼头太在手掌上拨弄着他用来占卜自己一生命运的小石头，自言自语道。

看到最后一支部队进了城，鬼头太走下丘陵，回到部下们聚集的松林中。

"洗澡水烧得怎么样了？"

他向仰卧的一个老兵打招呼。因为大家都很久没泡澡了，所以他让部下去附近的农民家烧洗澡水。

"应该有五六个人在烧。"

"让他们麻利点！"

"是！"说完，驼背的老兵站了起来。

他又说："吉田大人和野方大人都去了哨所。"吉田和野方都是鬼头太的同僚。

"去干什么？"

"不管怎样都要报告这次交战的功绩——"

"功绩？"鬼头太眨了一下眼，"那种东西无所谓了。"

"虽说如此——"部下脸上露出很为难的表情。

鬼头太没理会这茬："大家集合，洗澡！"

"虽说如此，大家……"

"你嘟嘟囔囔的干什么？一群笨蛋！捡一两个滚落地上的人头算什么功绩？大家的功绩我再清楚不过了。"

然后，鬼头太朝着距这里二百多米的村落走去。鬼头太觉得，上报小小的功绩，换来一两句"辛苦了"的夸赞，也没啥用。与其那样，倒不如趁现在交战结束，偷得浮生半日闲，去洗澡比较明智。

他穿过水田，在竹丛旁边拐了个弯，走进一个大约有十来家农舍的村落。

在最前面农舍的前院，几个部下聚集在浴桶的焚烧口前。鬼头太一靠近，大家便都站起来。洗澡水已经烧开了。

他瞅了瞅农舍，里面空无一人。这家人可能为躲避战争而逃到别处了。

鬼头太让部下帮忙摘下武具，光着身子泡在浴桶里。

"真是景色宜人啊！"鬼头太重复了这句话好几次。

他二十八岁的健壮身体一会儿泡在浴桶里，一会儿又从浴桶里起来。前面冬日干枯的田地里有几棵柿子树，光秃秃的树梢往寒冷的天空伸展着。难得没有风，所以虽然很冷，但是泡在浴桶里眺望的话，外面也是一幅悠然的风景。

这是一次漫长的泡澡。队长好像永远都洗不完澡似的。

"有通告说，酒宴四时开始，在那之前到城前广场集合。"一个部下禀报。

"酒宴？"鬼头太的馋虫被勾了起来，酒可是早到早得。

"现在几时？"

"三时。"

"时间有限。大家快去洗澡吧。别泡了,冲一下就出来!"这个我行我素的队长大声命令道。

鬼头太从浴桶里出来后,"两个人一起洗!浸一下,马上就出来。别忘了喝酒啊,有酒啊!"

看着部下们脱光衣服都是一副瘦骨嶙峋相。鬼头太想,怪不得打仗不顶用呢。

"真瘦啊!喂,那就三个人三个人地进去!"鬼头太又吼道。

虽然他想早点带部下们去喝酒的地方,但是部下们一个月没洗澡了,现在享受一下清爽,这点温情鬼头太还是有的。但喝酒也很重要,不亚于洗澡。

鬼头太准时地带着部下去了野田城城门旁边的广场。广场上已经挤满了武士。鬼头太指挥部下把分到的酒搬到了他们占据的广场角落。

冬日昼短,转眼天色已黑。酒宴开始的时候,周围完全暗了下来,几十堆篝火正熊熊燃烧。

酒一下肚,广场上武士们心里充满了大捷后的扬扬得意。

鬼头太没有加入在稍远处聚集的武士们的行列,而是待在自己队伍的杂兵中。跟听他们谈论无聊的功绩相比,一个人在自己队里喝酒更过瘾。这让山名鬼头太看起来很孤独,但他其实一点也不感到孤独。既不孤独,也不落寞,因为他要和运气待在一起。

据说昨夜敌将菅沼定盈以保全守城士兵的生命为条件,投降了武田一方,但在被送往长筱城的途中自杀了。部下们讲这些传闻时,鬼头太仔细听了一下,但对这些话题并无太大兴趣。

"倒霉的家伙!"他只是这么想。

只能说敌将的星宿气运不好,没有什么大不了,和现在的自己没有任何关系。不管菅沼定盈如何,山名鬼头太的命运不受任何影响。

酒的确不错,他一个月来与自己命运作斗争的疲劳得到了释放,转眼间天生苍白的脸变红了。

突然,广场上的武士们站起身来,分成了两边。鬼头太以为有武田的武将要进城,于是往那边望去。

"是设乐!设乐贞通!"这样的声音传入他耳中。周围很多人也都同样喊着。今早被俘的野田城武将设乐贞通被带到了城内。

鬼头太无意中瞥了一眼这位不幸的武将——他双手被扭到背后绑住,从对面押送过来。在篝火的光芒中,他的脸显得非常凄惨，头发凌乱地散落在额头上，低着头，慢吞吞地走着，仿佛独自背负着整个世界的不幸。

这时，鬼头太看到了靠近的设乐贞通的脸。

"妈呀！"他不由得站了起来。

那不是八郎吗？左近八郎！

鬼头太大眼睛闪闪发光，左右端详。正在被押走的敌将设乐贞通怎么看都是左近八郎。

鬼头太忍不住朝那个方向跟了两三步，但只能看到从人墙之间稍稍露出的那人的背影。

"八郎！左近八郎！"鬼头太大叫起来。

但是，他的声音被周围密密麻麻、已经喝醉的武士们的声音淹没，在骚嚷和混乱中消失了。

"喂，小心点！"鬼头太不知被谁撞开了。

"对不起！"

鬼头太踩着酒勺，在人群中扒拉着前进。不断有人嚷道"小心点！""疼！"每次鬼头太都会说："对不起，对不起……"

他嘴里这样说着，也没有露出特别抱歉的表情，一边左右大大地摇晃着肩膀，一边拨开人群。

他想，如果真是左近八郎的话，我必须从他嘴里打听一件事。虽然他与我有不共戴天之仇，非常可恨，但如果没有他，有些事情是打听不出来的。

左近八郎也和俵三藏一样，是两年前在长筱城被武田军攻陷时，不屑向武田屈服而逃出城堡的武士之一。

"八郎！左近八郎！"

鬼头太一边拨开几个武士，一边追赶往城门方向奔去的那伙人。他终于在城门附近追上了。

"让我见见八郎，我想见左近八郎。"

"八郎是谁？"一人回头说道。那是一个脸上有很多刀疤的年轻武士。

"他，就是他！"鬼头太指着被团团围住的那个人叫道。

结果对方吼道："你酒喝多了吧，蠢货！这家伙是设乐备中守贞通。退后！"

的确如此，鬼头太恢复了理智。被押送的武士虽然背后铠甲裂开，双手被绑在身后，凄惨无比，但却穿着一方大将的衣装。

"设乐贞通，原来不是八郎。"鬼头太虽然嘴上这样说着，但还是不死心，紧跟着那群武士一起穿过了城门。

城门两边站着几名警卫，但是因为鬼头太紧跟着那群武士，便没有遭遇任何盘问，一溜烟地顺利穿过了城门。

城内也遍地都是喝庆功酒喝得不省人事的武士。

鬼头太进入城门后,也没有离开押送设乐贞通的一群人。到处都是篝火,呐喊、怒吼、还有类似甲斐民谣的没听过的歌声,混杂在一起,像漩涡一样翻滚着。

拨开人群前进并不容易,鬼头太只想再转到前面看一眼那个所谓设乐贞通的脸。但是走到十几个武士的前面更不容易。

不知何时,他又穿过了另一座城门。之后周围突然安静下来。不久,来到了一个明亮的地方,那里也有酒宴,也燃烧着篝火,但与城外大相径庭的是,这里非常秩序井然。

鬼头太站住了。因为前面的一群武士突然停了下来。

"我把设乐贞通带来了。"武士中的一人坐到地上,双手合十说道。

鬼头太一下子意识到这里是武田军领袖们的宴席。几十位武士手里拿着酒勺,周围很安静,所以鬼头太能清楚地听到现在俯伏在地面上的武士的声音。鬼头太迅速隐匿到宴席外的树荫下。

设乐贞通被拉到武士们围着的这块空地上。他抬起头来。离他大约两米的地方燃着篝火,他的侧脸被篝火的光照得通亮。设乐贞通面向正面,武田本营的武将们在那个方向上坐成一排,鬼头太也分辨不出都是谁。

"果然是八郎！左近八郎！"鬼头太想。

"设乐贞通，你守城真是辛苦了。杀了你很容易，但你的战斗姿态真是让人佩服！你不想归顺我们武田吗？如果有这个想法的话，我会向主公说明的。"一个威风凛凛的声音响起。

鬼头太左顾右盼，完全不清楚那声音是从哪个武士口中发出的。被叫成设乐的人抬起脸，坐在地上。

"确实是八郎！"鬼头太又想。

"你不回答吗？"凛然的声音再次响起。对此，设乐一句也没有回应。完全是令人敬佩的武士的样子。只见他眼睛轻轻闭着，端坐在那里，面朝前方，中间只摆了一次头，把散乱的头发甩到脑后。看到这里，树荫下的鬼头太心想："果然是八郎啊！"

这时，就像印证鬼头太的鉴定一样，左手边并排坐着的一个武士站起身来，说道："我觉得这个武士不像设乐贞通！我见过设乐贞通，不是这样的年轻人。"

此言一出，在座一片哗然，顿时嘈杂起来。

"你说什么？他不是设乐贞通？"

"我想山家三方的人里，总会有人认识设乐。我立刻去请他们确认！"

突然末座上有三四位武士站了起来，然后朝着篝火无法覆盖的黑暗跑去。黑暗中好像又有几个武士站起来，也跟着跑了。

"我有要事禀报！"山名鬼头太在黑暗中正坐在地，低头说道。

鬼头太声音非常嘹亮，清晰地传递到在座的每个角落，但从宴席方向看不到他的样貌。

"我不认识设乐备中守，但是眼前的这位武士，我很熟悉。"鬼头太说。

"没关系，靠近点。"

鬼头太闻言后从黑暗中现身，坐到宴席的末席上。

"你说你认识这个武士？"

"是的。"

"快说！"

"他叫左近八郎，什么设乐贞通，简直是胡说八道！"鬼头太说。

"我一直也没有自称是设乐备中守。今天早上无意中被俘，现在被带到这里而已。"并不是设乐贞通的左近八郎身姿纹丝不动，这样辩解道。

然后，他隔一会儿又说："山名鬼头太，好久不见啊。"

"狗屁好久不见，我有话要问你！你把她藏到哪里去了？

老实说!"鬼头太一边说,一边站了起来。

"严肃点!"

听到这样的喊话,鬼头太又一屁股坐到地上。

"好了,退下吧!"

鬼头太感觉第二次的声音好像也是对自己说的,便行了一个礼,不情愿地站起身来,离开座位。但是走了四五步后,突然停住。

"哈哈哈……"因为一阵意想不到的女子笑声从宴席的高位上传来。

女子坐在那样的位置本就出人意料,那银铃般的笑声从那个位置发出来更是不合时宜。笑声戛然而止。

"真奇怪!是替身。"一句旁若无人的话语,接着又是一阵美妙的笑声。

鬼头太站在黑暗中,把视线投向宴席的方向,皱巴巴的脸上眼睛瞪得滚圆。

在广场中央燃起的篝火旁,一位女子伫立着。究竟她是何时从何处出现的,鬼头太完全猜不到。当时的感觉是,在回荡在人们耳边的旁若无人的笑声中女子突然从天而降,亭亭玉立地落在地上。篝火的小火星飞散在女子周围。女子看起来简直宛若天仙。

哇！鬼头太情不自禁地赞叹起来。然后他感觉到身体有些站立不稳——没想到世界上竟有如此美丽的女子！

女子伸手抬起左近八郎的下巴，然后放开："的确是替身，我也曾见过设乐贞通一次。"

这次她笑得比刚才短，但是更高亢。在野田城深处一角，仿佛只有那个笑声还是活物。

一个武士横穿过篝火的光亮。

鬼头太这才注意到，女子很是娇嫩。身高和自她身边走过的武士几乎没有差别，但身材纤细得几乎可以一把握住。

说到娇嫩，这么娇嫩的女子已是稀奇，她却还并不给人纤弱的感觉，也许是因为她站着的样子无懈可击。也许是因为那双清冷而狭长的眼睛，在篝火光芒的映衬下，使她的脸显得刚毅。也许是因为她旁若无人的说话方式和高亢的笑声。鬼头太根本猜不出女子的身份。是知名武将的女儿吗？

"斩了！"不知从哪里传来了粗犷的声音。一声令下，威光四射。

两三个武士站了起来。

鬼头太对斩杀左近八郎毫无异议。左近八郎脑袋搬家是让他痛快的事情，因为他是自己不共戴天的情敌。但是，他还有些需求，那就是在对方的生命消失之前从他口中打听一件事。在这世上，如果说有人知道鬼头太愿意为之豁出生命的女人的去向，除左近八郎之外再无旁人了。

"斩了他！"

命令再次下达的时候，默默站在那里的女子想离去，但是刚走了两三步，又突然停了下来。

"我们在祈祷痊愈，现在这个节骨眼儿斩了他的话——"

稍微停了一下，又说："这只是一个无名的杂兵啊。"这次的声音像换了个人一样虔诚。

"刀下留人吧！"女子用清脆的声音对在场的武士们这样说着，从篝火的光芒中一下子退了出去，消失在黑暗中。

周围很安静，甚至能听到篝火噼噼啪啪燃烧的声音。虽然不知道女子和武将之间说了什么，但很快几个武士吵吵嚷嚷地进入光亮，把左近八郎架起。八郎顺从地站了起来。

左近八郎不知被带到了什么地方，酒宴重新开始，但宴席却很安静。鬼头太想起了女子说的祈祷痊愈的话。看来武田的重要人物中有人身受重伤，这也许根本不是什么庆功宴。

这家伙运气真好！鬼头太想。

虽然很遗憾没能看到左近八郎脑袋搬家，但同时他也松了一口气。这样，在世上至少还有一个人，知道自己生命中难以替代的女人的去向！

鬼头太转身离开，穿过城门时迎面撞上一人。

"失礼了！"

"没事！"对方就那样站在那里。好像是负责站岗的武士。

鬼头太打听道："请问，刚才城里有位女子，您知道是谁吗？"

对方可能以为鬼头太是比自己更高级别的武士，郑重其事地回答："我听说是马场美浓守大人的千金。"

"不，是松尾城主真田信纲大人的妹妹。"旁边有人纠正道。在那儿站着不止一人，在滇活人的身旁还站着不少人，因为光线昏暗，具体情况也看不清楚。

只听又一个声音说："在下听说是武田信丰大人的爱妾。不知是否准确。名字应该叫安良里。"

"是的，是叫安良里小姐。"第一个武士回答。

看来，这些下级武士并不清楚安良里公主这名女子的出身门第。不管怎么说，她是武田一族的亲戚这一点是明明白白的。

"原来如此，真了不起！"

鬼头太也不清楚自己的心情，但感觉非常佩服。无论是其美貌，还是旁若无人的气势，在这样的宴会上出没的胆量，都说明安良里公主这一女性不同凡响。

鬼头太穿过大门走了一会儿，入城部队酒宴的喧哗声扑面而来。抬头仰望，城门也被地上的篝火映得通红。

到处都是醉鬼武士。鬼头太又费尽周折，穿过入城部队的酒席，终于走出城外。

城外的躁动更加激烈。在一堆堆篝火的周围，武士们粗野地来来去去。有拔刀乱舞的，有像野兽一样咆哮的，还有纠缠打斗的。

突然，附近响起了野鸟的叫声，"咣！"一块大石头飞了过来。石头砸在他所站的城门旁边的石墙上，坠落在地。

山名鬼头太吼道："好险！是谁干的？"

但是，鬼头太的怒吼完全被周围的混乱吞没了。

"嗖——"这次是折断的枪柄从鬼头太的头顶飞过。无论是石头还是枪柄，究竟是何人从何处扔，完全无从知晓。在被篝火映红的天空中，这种东西到处乱飞。

鬼头太想，我也得去喝酒。

过了很久，鬼头太终于找到了自己队伍的所在。部下们无一例外地酩酊大醉。鬼头太为了把自己不在时的酒也喝回来，连续舀了五六勺冷酒，喉咙发出咕嘟咕嘟的声音。

"是祈祷痊愈吗？到底是祈祷谁痊愈呢？"

他的头脑逐渐被醉意侵袭时，想起了在城里听到的安良里公主的话。

祈祷痊愈——祈祷痊愈——祈祷痊愈！

鬼头太站着,刚准备把酒勺送到嘴边,又突然停了下来。仅仅因为现在是祈祷痊愈的时间,左近八郎的脑袋就没有搬家,无名的敌方下级武士的性命就保住了!生病的人必是非同寻常。武田的宿将马场美浓守也不会有这样的影响力!这样想来,不是统帅信玄,就是胜赖!

但鬼头太从同僚那里听说,今晨在那个丘陵遭遇战场上,像怒涛般冲过去的骑兵队伍的指挥者是胜赖。确实,既然"风林火山"的旗子闪现,那么肯定有信玄或者胜赖在场。应该如传闻所言,指挥者是胜赖,信玄应该不在那里面吧?

"那么,是不是信玄生病了?受了重伤或者患了重病?"山名鬼头太又睁大了眼睛。

好吧,我来占卜!看病人是活还是死。

他取出一块石头放在手掌上,握住后又打开。背面露出来了!一种不祥的预感掠过山名鬼头太心头。

信玄死了可就糟糕了!

作为信玄的部下的部下的部下,山名鬼头太一边舔着嘴边流淌的酒液,一边嘟囔着。

川波

左近八郎被冻醒了。

他做了一个梦，梦见一匹马奔进河里，河水寒冷刺骨。他猛地环顾四周，水面上漂流着许多碎冰。他想，这可不行，马在这种地方待久了会被冻死的。果然，马发出了撕心裂肺的嘶吼声。任何生灵都发不出如此悲伤的哀鸣，那种刺入肺腑、落寞又令人生厌的声音。

左近八郎睁开眼的瞬间，庆幸刚才只是一场梦。他庆幸自己不在河里，周围也没有漂浮着的碎冰。

但是，身上的冷意与梦境里简直一模一样。他被五花大绑，扔在潮湿的泥地上。这是个简陋的小屋。从门缝里泻进来的光来看，夜色已退，太阳还未升起。黎明的寒气侵扰着无法动弹的五脏六腑。

确实有马在嘶叫，与梦中的嘶叫声一样。高亢的嘶叫拖着长音，声音也与梦中一样悲伤。马肯定不止一两匹，因为嘶叫声时不时就会从小屋的四周响起。从马匹数量众多这一点来看，这里应该是城内拴马的地方。这些是被守城军队弃之不顾的无主之马吗？

左近八郎在这座城中坚守了一个月，因此对城里情况可谓了如指掌。只要能从门口瞅一眼外面，马上就能知道现在自己被关在何处。可是，现在的他无法动弹，也就只能大致估摸出这是拴马场里的小屋。

身上实在是太冷了！

"砍了他！"——他觉得那个声音实在可恶。自己差点儿就被斩了。当时救下自己性命的女人到底是谁呢？简直是美若天仙。

左近八郎眼前浮现出那女人白皙的面庞。女人把手放在他下巴上，自上而下俯视着他。不过，女人的面庞很快从脑海中消失了。他想，自己虽然此次侥幸得救，但早晚难逃一死，而且死亡可能很快就会降临。与其遭受严寒之苦，还不如早点被砍头。

突然一个武士破门而入。是一个下巴方正，看起来凶神恶煞的中年武士。

"快起来！"他一脚踹在八郎脸上。

"你让我起来，我也得能起来啊！"左近八郎说。

于是，武士走近，把手搭在左近八郎身上，粗鲁地把他从地板上拽起来。

"先由我来审问你。"

八郎沉默着。果然是拴马场，可以看到几匹马在缓坡的杂木丛中来回走动。

"哇，冷死了！还不如快杀了我！"左近八郎说。是真的很冷。

"你让我杀你，可遗憾的是，我无权杀你。"方下巴武士愤愤然地慢慢说道。

"你怎么成了设乐贞通的替身？还不从实招来！"

"我就算想说假话，也无从说起啊。什么叫替身？我没有做替身，我只是奉命焚烧设乐备中守的旗帜。因为城池都不要了，旗帜自然也就不需要了。只是我没有烧掉而已。"左近八郎睥睨着对方回答。

"不烧掉，那想干什么？"

"我只是用那个旗子召集了几十个武士，最后放手一搏。"

"混蛋！"武士说，"你以为那样就能赢吗？"

"我们怎么会觉得能赢？战斗可不仅仅是为了胜利。哪有城主让我们保住性命，我们就各自逃走的道理？正因为他想让我们活命，我们才希望为他赴死。"

"菅沼定盈真是有个好部下啊。"武士用轻蔑的语气说道。

"结果你没能战死沙场却成了俘虏。是这样吗?"

武士用沾满泥巴的鞋子踢中左近八郎的下巴:"是因为你怕死吗?"

八郎不再作声。他因下巴被脚踢而恼怒不已,脸色苍白,冷若冰霜。

怕死吗?——八郎觉得自己从未贪生怕死,任何情况下都不曾贪生怕死。实际上,现在也毫不惧怕。可能很快就会被砍头,但他并不害怕。

话说回来,成为俘虏是因为自己疏忽大意。他好像和被俘有着不解之缘,这已是第二次成为俘虏了。战斗力强和战斗欲旺盛都不是好事。他通常斩杀敌人直到自己无法动弹。一般等他反应过来的时候,身体已经动弹不得。战死的家伙,要么是本事不如对方,要么就是中途已知不可能取胜,早把自己性命抛到了对方手里。只有这样才能解释得通。

上次被俘的时候,他马上就逃了出来,但这次不行。因为这次不是被当作杂兵来对待的,即使想逃也根本无机可乘。

"太冷了!快杀了我吧!"八郎说。

"杀、杀、杀!快杀了我!冷得受不了!"

"既然你不要命,那就把性命交给我吧!"恰在这时,一位穿着不俗、五十岁左右的武士一边说着,一边走进小屋。

然后对刚才的武士命令道:"把绳子解开!"

绳子解开了,左近八郎在被囚禁一昼夜后重获自由。双臂终于又成了自己的,但是因完全失去了知觉,尚处于麻痹状态。

八郎慢慢活动着手臂,又慢慢将头左右摆动,然后再次转向了站在他面前的五十多岁的武士。

"你为什么要救我?"

"既然你说不要命,那么在下就收下了。"

"哼!"左近八郎瞪着对方的脸说,"人的生命又不是想给就能给的。"

"想死的话,随时都能死。你又不是现在非死不可,还是活到想死为止吧!别逞强了!"

"我刚才只是觉得很冷,才想死。"

"走走路就不冷了!跟我来!"

老武士率先走出小屋。八郎紧随其后。

微弱的朝阳开始照射在结冰的黑土上。缓坡下面,二三十匹马在稀疏的树林里惬意地踱来踱去。马的身体表面笼罩着一层雾气。俨然一幅各种生物都自在活着的祥和景象。

左近八郎虽然还活着,但总感到自己时日无多,因为他认为自己并未向武田投降。

下了斜坡就是竹林，旁边有一口自流井。老武士说道："在这里等着！"

然后，他和跟来的另一个方下巴武士一起沿着竹林往右手边走去，不久就消失不见。过了一会儿，一个女人和刚才的老武士沿着同一条路走了过来。

女人走路很慢。当她走近时，八郎认出她就是昨晚在篝火下看到的那个女人。也许是篝火映衬的作用，昨晚女人一副凄怆模样。如今在清晨的明媚阳光下，她又显得弱不禁风，让人怀疑连路都走不稳，双手是那样白皙纤细。她身体娇贵，让人感到能活下来都是个奇迹。

老武士对八郎说："原地坐下！"

八郎没有坐下，就那样站着。

"无礼之徒，坐下！"老武士又说道。

尽管如此，八郎还是没有坐下。

"没关系。"女人——也就是安良里——对老武士说。

然后她平静地对八郎说："你在意气用事吗？"

她的眼睛美丽迷人，却闪着寒光。八郎不由得怔在原地缩成了一团，但还是渐渐地控制住了自己。

"你真是狂傲不羁啊！"安良里说。

女人与生俱来的气质再次带给八郎一种压迫感。八郎这次也遏制住了自己想低头的心情。于是安良里放弃了非要八郎坐下的念头。

"你对向武田军投降心有不服吗？我不知道你为什么不服。当然到昨天为止双方还在交战，这也不是不能理解。但是，现在城池陷落，胜负已分，菅沼定盈也被捕了，你再怎么逞强也无济于事！应该投靠胜利的一方！"

"投靠胜利的一方？"

"是啊！因为那样划算啊！"与此同时，安良里的笑声从四面八方笼罩了八郎的身体。那是他昨晚听过的那种独特的冷峻高亢的笑声。

八郎不明白女人笑声的意味。那不是普通的笑，似乎蕴藏着什么东西。八郎想，也许是轻蔑。但他不知道她在轻蔑什么。

投靠胜利的一方！安良里如是说。她也许预测到了八郎会反对，才在笑容中夹杂了蔑视，或者相反，她也许预测到八郎会对她唯命是从，才轻蔑地笑。

八郎沉默地伫立在那里。他本打算睥睨着女人，但他发现自己不过在茫然地注视着女人美丽的脸庞。

"你还有遥远的未来。不要逞强，要站在胜利的一方！人只要是投靠胜利的一方保准没错！决不应该为了失败而战斗。"

这一次她的口气很强硬。之后又持续发出意味深长而又动听的笑声。

八郎想，看来刚才自己在小屋里说的一番话，她已经从方下巴武士那里听说了。

"那我站在胜利的一方吧！"

左近八郎突然被一种自己也摸不着头脑的感情支配，不由得脱口而出。这是一种傲慢的表达。

这是他不曾有过的崭新的想法。一种思想猝不及防地在八郎心里萌芽，并迅速扩散到心灵的每个角落。

于是，安良里说："是吗？那你的性命就归我了。为我效命！明白吗？"

说完这些，她说："塚田，好好对他！也许能派上用场。"

然后，再次对八郎说："我丑话说在前头，从现在开始，我和你就是主仆关系了！"

"我自然明白。"

"臭小子，注意言辞！"

一把手里剑①紧擦着左近八郎的脸颊掠过，刺入他身后的橡树树干。

---

① 手里剑，一种暗器。一般有十字、八方、六角、三角以及"卍"字形等。——译者注

安良里转身径自离开。

手里剑飞过来时，八郎一动不动。他注视着安良里离去的背影，然后把视线转到橡树方向。小剑斜着扎在粗糙的树皮上。八郎漫不经心地望着。突如其来的袭击丝毫没有动摇他的内心。

投靠胜利的一方！

那样才划算？

这句话比手里剑更锋利地刺入八郎的内心，比手里剑更冰冷无情。他出生以来从来没有听过这样不羁的话，不带一丝一毫的污秽和狡诈，就这样脱口而出。自己之所以对安良里的话毫无抵抗地遵从，是因为它没有任何阴暗，明快地回响着。这些话如果是从别人嘴里说出来的，他绝对不会原谅对方。

崭新的出乎意料的东西向左近八郎袭来。投靠胜利的一方！也不是不可以。那样才划算？确实很划算。从出生那天起一直捆绑束缚他的东西突然被冲破了，他来到了一片视野开阔的辽阔天地。

左近八郎愣愣地站在那里，对自己的身份涌出了新的勇气。被压抑在狭窄谷底的年少轻狂，突然找到了一个出口，迸发出来。

放眼看去，世间已经失去了道义。昨日的家臣,今日正在弑主。昨日的伙伴，今日成为敌人。父亲杀死子女，子女杀死父亲。已经到了不能靠义理和意气用事生存下去的时代了——很多人为了坚持义理和意气用事，徒劳地死去。自己也差点把命搭上。

"过来！"被安良里称作塚田的老武士叫他。

八郎跟在他后面往前走，回到了他刚才被囚禁的那间小屋。

"进去等着！"

"等什么？"

"等到傍晚，你会被分配到一支部队里。"

八郎不再作声，把堆积在小屋角落里的草席拽了出来，盘腿坐在上面。老武士正要离开房间的时候，八郎说："我肚子饿了，给我点吃的吧。"

他从昨天早上开始就粒米未进。

"我给你带点吃的来。"老武士说着就出去了。但是，过了很久也没有人出现。

八郎等了约莫一刻，便走出小屋，爬上了拴马场所在的丘陵。走到二之丸附近，看到一支长长的兵马队伍行进在遥远的城堡西方，正陆续向长筱城方向移动。

时间大概是十时或十一时上下。在微薄的阳光照射下，白色的东西开始掉落。非常寒冷。

左近八郎站在石垒旁，眼睛一眨不眨地俯瞰着武田军的移动。长长的骑兵部队，之后是徒步的持枪部队，然后又是骑兵部队。在下面雪花飞舞的宽阔空间里，人和马组成的队伍宛如一条小小的锁链。

他发现那条锁链并不仅仅在他从前所去过的街道。沿着河又有一条，山脚下又有一条，然后在连道路都没有的田野里也有一条彼此平行。左近八郎从未见过这样秩序井然的大兵团移动。真不愧是远近闻名的武田军。

在当前这个群雄割据的时代，最先到达京都的会是甲斐的武田。这俨然已经成为人们的共识。在武田的精锐部队面前，德川军和织田军都显得苍白无力。武田拿下甲斐、信浓自不必说，还蚕食了武藏、骏河的大部分，连远江、三河的大半也收入囊中。自去年在三方原战役中大破德川军以来，全军势如破竹，直指京都。武田军如大河奔腾的气势仿佛无人可挡。这座野田城也会被其奔流所吞噬。

左近八郎想，眼下自己也即将加入武田阵营，成为其中一员。这是他第一次体验到的优越感。跟以前作为三河土豪的属下时的状况简直有天壤之别。那时整日面临四邻强敌压力，局势动荡不安。

八郎离开石垒，慢慢地再次走下了拴马场的斜坡。不知何时阳光消失了，细小的雪花充满了灰色的空间。他碰到了顺着斜坡迎面而上的四五个武士。

"你是左近八郎吗？"其中一人打招呼道。

"是的。"

"马上回小屋去！"

武士们和八郎一起折返。

"你们是谁的部队？"

八郎得知是山县昌景的部队。在武田军中以勇猛果敢的骑兵队著称的山县队承担了留守野田城的任务。

在小屋入口，武士们停止不前，"进去！"

八郎依言进去，黑暗中有人站着。

"你没逃跑吧？"

八郎一听，立刻明白对方是安良里，当场弯下腰，一只手撑在地上，老老实实地颔首。因为难保手里剑不会突然飞过来。

于是，安良里似乎看穿了八郎的心思，浅浅笑了一下。

"左近八郎，把你重新用绳子捆起来，作为德川的俘虏，遣送回长筱可好？"安良里突然说。

"咦？"八郎抬起头来，不敢相信自己的耳朵。

"作为俘虏去长筱？"

"是的。"

八郎的眼睛已经习惯了黑暗,在那一瞬间,忽然觉得距离自己只有两米之遥的安良里的面庞像一个白色的能面。在毫无表情的能面中,那双狭长的眼睛把面部一分为二,一直盯着自己。

"菅沼定盈曾是这野田城的守将。他现在作为俘虏被抓到长筱城。定盈不久后就会和德川方捕获的山家三方的人质做交换。那个时候,你也和菅沼定盈一起返还。"

"咦?"八郎又抬起头。

"不允许我为武田军效力吗?"羞耻感使左近八郎的脸色肃穆起来。他既然已提出"投靠胜利的一方",如果不被允许归顺,反而要被遣送回德川军的话,那无异于奇耻大辱。

接下来安良里的话打破了冰冷的气氛:"你既然能作替身欺骗武田方面,那么自然这样的事你还能做。这次就欺骗对方吧。"

"您是说——"

"刚才明明说了豪言壮语,现在脑子却不好使了。——你还不明白吗?"

八郎渐渐感觉身体摇晃起来。雪花不知从哪里吹进来,不断飞舞着落到自己撑在土间①的手上,又转眼消失。一股

---

① 土间是指日式住宅中,室内没有铺设榻榻米、可以穿鞋踩踏的地方。

寒气突然从八郎的脚跟窜到头部。

"您是说——"八郎偷偷抬起头,窥视着安良里的脸。

"如果你与菅沼定盈一起回到对方阵营,你就不再是从前的左近八郎了。虽然不清楚一共有多少俘虏,但能够和城主定盈一起遣返的只有你。其他人都已投降武田,所以不会遣返。只有不肯投降的两个人,武田方面怜悯其志向,作为人质返还。——总之,左近八郎也会享受骑马武士十骑、足轻①五十人左右的地位。然后——"

"然后呢?"八郎情不自禁地问。

"然后,先给你一个任务!是啊,让你做什么好呢?"

她稍微思索了一下,"我觉得什么都可以。菅沼定盈一定会在某个地方建造代替野田城的城堡。请尽快调查一下筑城的位置,掌握情况之后立刻返回这里就好了。这样的话,就变成骑马武士二十骑,足轻百人——部下大概翻一倍多吧?"

安良里好像笑了,也许是左近八郎耳朵的错觉。左近八郎沉默了。打听菅沼定盈新筑城的地址并向武田军报告,这就等于是欺骗自己一直侍奉的主君。今天早上,他还立志为菅沼定盈赴死。虽然现在已决意为武田军效力,但他觉得不

---

① 足轻是指杂兵和步卒。战国时代,在集团战成为战争主流的情况下,足轻会被编成使用长枪和火枪的士兵。

能简单地听从安良里的话。此任务之残酷让左近八郎情不自禁地想退缩。

"又不是让你去趁菅沼睡觉的时候取其首级!只是去调查一下筑城的位置而已。你连这都不能做,能说自己站在胜利的一方吗?"

八郎听了安良里的话后大惊失色。他感到自己的想法完全被对方看穿了。

"那么,掌握替代野田城的新城堡的位置就如此重要吗?"八郎问。

"你只要接受命令就可以了。"只听安良里冷冷说道。

"这种事,知道也好,不知道也好,对武田军来说都没什么大不了的。虽然对武田来说不算什么,但是对左近八郎来说是大事吧?"

八郎默默地凝视着安良里。因为对方的话有一处晦暗不明。

"你不认为这会成为你的功绩吗?若非如此,你不过是一个刚刚投降一两天的敌方俘虏,能获得什么样的地位?最多三个足轻!那都不容易!只要能保住脑袋就算万幸吧?"

左近八郎思索片刻,平心静气地说:"我知道了。"

"不是为了别人!是为了你!明白吗?"

"是!"八郎领首。

"那就去执行吧!"

八郎行礼的时候,安良里已经向门口走去了。

安良里走后,门外的三个武士进来了。左近八郎被那三个武士用绳子重新绑起来,再次成了俘虏。

他们爬上拴马场,走向三之丸,那里遍布山县队的武士们。在三之丸附近,左近八郎被迫站立良久。

"是俘虏吧?"无数憎恨和好奇的目光集中在他身上。

但是,左近八郎毫不介意。他已经改头换面。因为现在为了能够平步青云,有一个巨大的冒险在等着他。

被称作塚田的老武士带着两三个身强体壮的武士出现了。

"风对林、火对山,这是山县队的口令,明白没?"老武士说。

"明白!"八郎这次也坦率地回答他。此人如今一定是他的上司。

"我肚子饿了,能给我点吃的吗?"左近八郎说。

不久前老武士虽然说要拿点吃的,但并没有真带什么食物到小屋里。

"啊,对了,我忘了个干净。"塚田不转眼珠地望着八郎说道,然后仿佛觉得很滑稽,忍不住笑了出来。八郎觉这个老武士虽然慈眉善目,心眼却很坏。

"混蛋！总有一天让你在我面前低声下气。"八郎在心中叫道。但是他没有表现出来。他依然被绑缚着，几不可见地乖乖低下了头。

"去拿点吃的。"塚田对旁边的武士说。

一个武士转身离开，没过多久就拿来了柳叶饭盒和竹水筒。八郎只有双手得到解放。他坐在旁边石头上，取下饭盒的盖子，米饭黑乎乎的，一侧还有点腌萝卜和大酱。

他喝了水，把米饭丢进胃里。肚子饿了吃什么都觉得美味可口。雪花不断地落在饭上，但他不介意这些。

吃完后，八郎发现自己被一群杂兵包围了。他们颧骨都很高，脸上不苟言笑，只有眼睛炯炯有神。虽然看起来比三河的武士们更蠢笨，但正因如此，才给人一种精悍的感觉。简直是不同人种。这难道就是甲斐人的长相吗？

"你没见过大海吗？"八郎一边盖上饭盒的盖子，一边对右边的一个人说。

"什么？"对方虽然对八郎的问话不明所以，但还是感觉到他话里包含着侮辱蔑视的意思，便骂道："蠢货！"说完瞪着八郎的脸。

"把我绑起来！"八郎把自己的手绕到背后说。

但是，武士们谁也没有动手。

一度消失的塚田和两个武士出现了。其中一人重新用绳子把八郎绑起来。

"绑轻点！"任凭八郎这样说，他还是被绑得丝毫动弹不得。八郎瞥了瞥绑自己的武士的脸，一只耳朵被削掉了。他想，我记住你了。

这时，雪花已经开始洋洋洒洒地飘落。

八郎傲然挺立着被带走了。他出了城门，看到武士们密密麻麻地在广场上排着整齐的队伍。刚才从二之丸看到的部队转移依然在继续。

塚田已不见踪影，八郎周围是五个完全不认识的强壮武士。

"八郎！左近八郎！"

八郎听到有人叫自己名字，但是身子被五花大绑着，转个身都不容易。

"你转到我前面来！"他说。

"你把美雪藏到哪里去了？我只想打听这一件事情！"

转到他前面来的是山名鬼头太。他用手心擦着被雪淋湿的脸说。这个身体结实的年轻武士，头和肩膀上都积满了白色的雪。

左近八郎只是以锐利的眼神瞄了鬼头太一下，默默地走了过去。

"你把美雪藏到哪里了？"鬼头太在八郎旁边小跑着。他一挪动脚,脚下就会溅起泥泞的飞沫。

八郎压根说不清自己对这位发小的心情。要说可恶,没有比他更可恶的男人了。所有的事情都自以为是,一点友情和信义都不讲,一切皆以自我为中心。尽管如此,八郎还是莫名其妙地被他所吸引。究竟是被什么吸引,八郎也无法捉摸。当然并不仅仅因为这个男人是自己发小。交战的时候,这发小完全不顾性命,瞪着大眼睛,冲进敌阵,有种与其他武士截然不同的一根筋儿的劲头。

两年多以前,二人因美雪对立了很长时间,但在那件事上,八郎并不怨恨他。鬼头太反而是受害者。的确,在美雪和鬼头太二人当中,八郎是作为第三者后来插进去的。

——美雪喜欢上了我,我也没办法啊!

八郎这样想。

——我根本不知道她是鬼头太的未婚妻,就喜欢上了。喜欢上了也不能赖我啊。

八郎又有这样的想法。即便他因此被鬼头太记恨,也没有理由去怨恨鬼头太。

"你反正会被砍头的,就告诉我吧。"鬼头太说。

这句话是典型的鬼头太风格。

"不知道。"八郎第一次开口说话。

然后他看了看鬼头太的脸。两年不曾见面,愣是几乎未变。只不过脸有些瘦了，大眼睛显得更大了。

"说也好，不说也好，反正对即将死去的人来说都是一样的。别小气。你告诉我吧，行行好！"

"我不知道。"

"我即便知道了美雪的住处，也不会怎样，只是想知道而已。"

"不知道。"

"啊！"

鬼头太脸上写满愤怒，但仿佛立马改了主意。

"说吧，你让我做什么都可以。"

"……"

"尽管我不能替你做什么，但我能替美雪做。只要你一句话，美雪在哪里？你把她藏哪里了？"鬼头太忍不住伸手去拉扯八郎。

"喂，不许碰！"押送八郎的一名武士吼道。

"拜……拜托了，我只问一句。"

鬼头太的脸，看起来誓不罢休。

"你无论如何都不告诉我吗？"鬼头太再次用手心擦了擦被雪打湿的脸。

"啰嗦什么！说不知道就是不知道。"八郎突然说。

八郎真的不知道美雪身在何处。他自己还想打听呢。两年前长筱城落入武田手中的那一天，八郎和俵三藏他们一起逃出了城堡。从那以后就再也没见过美雪。

八郎这两年来一直训练自己忘记美雪。他想，美雪应该已经在长筱的城下①与山名鬼头太开始新的生活了吧？

直到昨晚在野田城深处的广场上被鬼头太追问时，八郎才知道美雪没有与鬼头太在一起，也不在长筱的城下。但是，昨夜美雪对八郎来说很遥远，只是从脑海中一闪而过就消失了。因为死亡摆在他面前。

鬼头太认为八郎始终守口如瓶，腾地变了脸色："八郎，你赶紧被杀头吧，干脆利落点。这是最后一次了！"

他这样愤愤然说着，嗤笑一声，离开八郎，然后朝着与八郎相反的方向去了。

八郎从鬼头太那里解放出来后，感觉到两年来一直在压抑的恋情以全新的气势，逐渐扩展到整个身体。经常低眉顺眼地说话的美雪的瓜子脸、白皙的双手、白色的领口，——这些都鲜明地浮现在眼前。自己逃出城堡后，美雪到底还是追随自己逃出来了吧？

天气异常寒冷。八郎为了暖和一点，大步流星地走着。

---

① 城下是指城下町，是日本以城郭为中心所成立的都市。领主下面的直属武士团与商工业者被强制集中于城下，乃形成城下町，并逐渐发展成领国政治、经济、交通的中心。——译者注

押送的武士们也几乎默不作声。大家都带着破罐子破摔一样的心情，在泥泞中挣扎着前进。

后面有好几支部队陆续超过了八郎他们。不知何时，前方变成了沿河的道路。河流宽度约在二间，水流湍急。深蓝色的水流拍打着岩石。

"靠边！"

从遥远的后方，一个接一个地传来了同一句话。起初是一声意义不明的小声喊叫，后来喊声音量逐渐提高。

"靠边！"

于是，八郎他们靠在道路右边，与八郎平行前进的足轻队伍则靠到了对面。

很快，从背后过来一队十骑左右的骑兵队伍，在道路中间以惊人的气势疾驰而过。八郎发现安良里夹在那伙人中间。安良里好像瞥了左近八郎一眼，继续趴在马背上飞奔过去。然后连人带马都消失在纷飞的大雪里。

"快走！"

被一个武士推搡着，八郎不得不赶紧往前走。从看到安良里身影的那个瞬间开始，美雪的面容在八郎心中消失得无影无踪。所有的风花雪月都消失了，取而代之的是青春洋溢的野心。

乌鸦

野田城陷落后第三日。

从八名井村前往吉田（现在的丰桥）的街道上，到处乌泱泱地驻扎着没能赶上救援野田城的德川部队。

俵三藏提着长枪，不时将犀利的目光投向这些武士，却也没有特意搭话，只是慢吞吞地走着。三藏不擅长走路。小时候起，迈开双腿大步向前就是他的弱项。他以慢悠悠的、独具一格的走路方式，一步步地挪动着大块头的身体。

"你看起来很累了，过来休息一下吧。"正在点燃篝火的人群中不时冒出这样的邀请。因为武士们想从这位幸存的大兵嘴里打听野田之战时的情形。

然而，三藏通常只是朝他们方向瞟一眼，不置可否，除了口渴的时候，很少搭茬。他素来沉默寡言，迄今为止一次都未曾完美地用语言表达自己所思所想。

"辛苦了。您手受伤了吧？"

只有当声音不是出于好奇，而是发自内心的关切时，三藏才会停住脚步。

"嗯。"他的回答也非常冷淡。

这种情况下对方通常会被吓一跳,然后盯住三藏的脸。"嗯"这一短促的声音,就像野兽呻吟一般蕴含力量,让人脊背发凉。

他已经从一个月固守城池的疲倦中完全恢复过来了。昨天凌晨与山名鬼头太的交战算是最后一次战斗。然后他沿着山道,漫无目的地走了半天。感觉疲倦不堪之后,就找到一座山中小屋,身上盖上稻草,久违地酣然入睡。

不知睡了多久。太阳还没落山就睡着了,醒来时已是白天。不管怎样,也不会是第三天中午,应该是第二天中午吧。于是他去附近的农家打了牙祭,填饱肚子继续上路。

他不知道战友们都投奔了何处。既然失了主子,估摸着是往离这里最近的德川根据地吉田城去了。于是俵三藏也动身前往吉田。

可即便到了吉田的城下,三藏其实也没有特定目标,反正会被分配到另外的武将麾下。他希望能跟从一位能力出众、胆识过人的武将,还想参加大规模的战斗。

这并不是说他有建功立业的凌云壮志,他只是希望对手越多越好而已。因为他只有在豁出性命挺起长枪的时候,才会莫名地感到有充实和快乐涌入血脉之中。

在距吉田城下尚余两里的小村落，入口处有个检查站。通过检查站后不久，俵三藏被叫住了。

"喂！"是一个女人的声音。

三藏扭头一看，忍不住咕咚咽了口唾沫。女人好像是从右边大农户的前院跑出来的，精致的嘴角抽动着，气喘吁吁地说道：

"是俵先生吧？"

俵三藏下意识地打量四周，可是面前只有光溜溜一条路，根本无处可遁。三藏不得不打消了逃离这位不速之客的念头。

"的……的确如此。"

说着，他双手紧握枪柄，把全身力量倾注在双手上，使长枪柄头陷入地面以下。虽然这种做法很奇怪，但是三藏在六神无主的时候，如果不把力气倾注到身体某个部位的话，硕大的身体就会失去支撑。

"好久不见，您还记得我吗？"

三藏想，我完全无法招架。两年前在长篠城内时，他就觉得这个女人的声音很恐怖，两年后的现在也一样。

"不记得。"三藏咕哝着说。

"我在长篠城里见过您。"

"不，我不记得。"

听到三藏说不记得，女人有些丧气。

"我，我是美雪。"

"不，我不记得。"三藏又说道。

然后，他觉得自己在做一件非常愚蠢的事情。他岂会不记得，恰恰相反，这个女人能够对他的命运施加莫大的力量。

在俵三藏看来，美雪是这片土地上最高贵最美丽的女人，是他这两年来日思夜想的女人。昨晚他在山中小屋里酣睡时，香甜梦乡中出现的不是别人，就是眼前这个女人。但跟她开口说话，这还是第一次。

"不记得，不记得。"

俵三藏左手离开了插在地上的枪，逃一样地离开了。走了三四米的路程之后，他发现自己不知何时已经调转了方向，在走回头路。

"俵先生！"美雪叫住他。

"我想打听一件事。"

"什么事？"他说完停下脚步，为了回到正确的方向，他硬生生地把身体转离了美雪。

美雪站到他面前堵住道路："您有左近八郎先生的消息吗？"

"八郎可能战死了。"

"什么？"美雪的脸一下变得煞白。

"我不了解详细情况，但好像听说昨日凌晨战死了。"

女人发出了尖锐的呜咽声。

俵三藏俯视着抽噎的女人，觉得自己做了无法挽回的坏事。于是说："不是我的错！"

三藏怔怔地久久俯视着用手捂脸、双肩颤抖的美雪。他很想逃之夭夭，但是把哭泣的女人弃之不顾，好像有点违反武士的操守。

三藏深知，两年前山名鬼头太和左近八郎两人为了美雪而闹得势不两立。三藏也莫名地在意这个叫美雪的女人，但是他不敢直面自己的内心。他觉得自己是不可能喜欢上任何女人的。他很小的时候就笃信，自己天生不会和女人有什么瓜葛。

两年前，长筱落入武田之手的时候，三藏逃出了城。后来他才明白，自己逃离的不是城，而是美雪。

他并非讨厌追随武田。他的恩主是城主菅沼正贞。既然菅沼正贞投靠了武田，自己理所应当追随武田。这就是所谓的武士之道。

但是，他最终选择逃出城池，完全是因为想在看不见这女人的地方悠闲地生活吧。在这一点上，与左近八郎厌恶投降而溜出城门相比，心情似乎有很大不同。

看着美雪哭泣的样子，三藏并没有特别嫉妒，只想早点从她身边逃走。

"我要是早知道左近先生在野田城就好了。"

女人一边啜泣一边喃喃自语，唯独这句清晰地传到了三藏的耳朵里。

"你不知道吗？"

"我不知道。得知你们已逃出城池后，我也马上离开了。那之后，我翻来覆去地思考今后去处，最终选择了滨松，去服侍已成为德川军人质的长筱大人的妻子，因为我想在那里见到你们的机会最多。"

长筱城主菅沼正贞的妻子成为德川军人质这件事，三藏当然也早有耳闻。

"那么，现在呢？"三藏问。

"夫人突然要被遣返长筱城，我也陪同来到此处。据说野田城主被抓到了长筱，双方要交换人质。"

"那么，菅沼定盈大人会被归还给德川军，长筱大人的妻子也会返回长筱喽。"

"听说如此。"

"这样的话，你接下来要去长筱吗？"

"今天傍晚时分，德川大人会派人到这里，他们会护送十六名人质明天前往长筱。"

"长筱"一词在三藏的心中一闪，让他想起了自己土生土长的那片土地的风景。土墙，土墙之间的里巷，一望无际长满芒草的平原，还有白色的河滩，城堡。

"那我走了。"俵三藏匆匆忙忙地离开美雪，大步流星地往前走去。

"俵先生！"

三藏听到美雪的呼唤也没有回头。他觉得终于可以从这些麻烦中抽身了。

走了五十米左右，三藏回头一看，美雪还站在道路中间，保持刚才的姿势不动，双手捂着脸。左近八郎的死为何让那个女人如此痛苦呢？

又走了五十多米，他再次扭头回望。这次看不到美雪的身影了。俵三藏放了心，按照自己的节奏慢悠悠地走了起来，但总觉得有些异样。身体或心灵似乎被撕开了一道口子，没有着落。突然，三藏停下脚步。

"嚯！"

三藏嘴里发出奇特的喊声，抡起了枪。他先是大幅度地向前刺出去，又大幅度地拉回，一下子往后跳了近两米。雪融水四溅。

突然，右手边传来一阵哄堂大笑。道路右侧是一户农家的土间，那里坐着五六个武士。显然笑声是从那里发出的。

三藏意识到他们嘲笑的是自己，就向那边走去。他巨大的身影倏地堵在土间门口。

"你们在笑我吗？"他目光扫视着那一伙人。

迎接他的又是一阵哄堂大笑。

"看你好笑我们才笑的。你再耍一次给我们看啊！"其中一人说道。

"好！"话音刚落，嗖的一下，三藏手中的长枪以迅雷不及掩耳之势刺了出去。银色的枪尖在昏暗的土间疾驰，说时迟那时快，最后堪堪停在中间一个武士的胸口前。三四个武士为了护住自己赶紧将身体后仰。

吆！三藏手里又抡起了枪。

"危险！停下来，混蛋！"

武士们都从土间站了起来，斜睨着三藏向后退去。

吆！在第三次呐喊声中，武士们连滚带爬从土间后门逃走了。

武士们可能是在喝从农家抢来的酒，酒坛摆在那里，酒盅和木舀勺胡乱丢在草席上。

三藏感觉自己心上的那道口子比刚才更大了。他坐在土间，用木臿勺喝酒。连灌五六杯后，他闭上了那双在大脸盘上显得格外细小的眼睛。但是那道口子不仅没有缩小，反而越来越大了。

三藏继续喝酒。前院有二十多名武士。三藏想，他们是在远远望着自己啊。虽然不时有人跟他搭话，但是他一概置若罔闻。

时间在不知不觉中流逝。"疯子！"当三藏听到这样的喊声时，攥着长枪步履蹒跚地慢慢踱出了土间。他心中的口子还在变大。

三藏走出土间，来到前院。那些武士们之前如看西洋景一样远远围着他形成一个圆圈，现在一下子四散而逃。

但是，三藏根本不睬他们一眼，走了近两米就停住了，良久注视着道路对面的对严山的斜坡。几处竹丛随风摇曳。黑漆漆的斜坡上灌木茂盛，只有竹丛带有一抹黄色，缓缓摇曳着。

三藏突然想钻进那里。一旦置身于那摇曳的竹林之中，也许心中张着血盆大口的口子会被堵住。

三藏返回土间，用木臿勺舀了五六杯酒，可是酒已然溢到了喉咙，再也喝不下去了。于是他从土间走到前院，然后从前院走到了大街上。

三藏完全沉浸在自我的世界里。除了黄色竹林以外，他的眼里再无他物，心里亦是如此。他脚下不断地发出沙沙的声音。在小石子四处翻滚的山道上，他滑跌了好几次。每次脚下一滑，身体就跌倒在繁茂低矮的灌木丛中。

过了很久，他终于来到了山坡上的竹林边。这才发现竹林其实很稀疏，与从远处眺望时看到的截然不同。竹子间的间隔意外地拉开了，地面上全是湿漉漉的竹叶和灌木落叶。头顶竹叶沙沙作响。三藏想，呆在这样的地方，心里的口子不但不会愈合，反而会裂得越来越大。

离开那里，三藏又爬上了斜坡。他中途停下来的时候，遥望右边的山脉，发现在离山顶很近的地方露出了岩石。夕阳微弱地照射在暗灰色的岩石上。景色显得遥远，看起来很安静。

他想，如果站在那座岩石山上，也许我心里的口子就会愈合吧！可是要到达那里并不容易。可能要花好几个小时，甚至根本无法抵达。但他无法遏制自己想去那里的冲动。

俟三藏来到丘陵背后，沿着山脊向遥远的目的地走去。随着道路变得平坦，三藏的醉意一下子从四肢百骸喷涌而出。道路窄得几乎无法行走，险峻异常。三藏四肢匍匐在地上前进，长枪却成了累赘。

强烈的倦怠感向他袭来。他打算歇口气，于是把长枪放在一旁，就那样趴在了地上。就在这时，身体突然下滑了三四米，然后停在了一个舒适的地方。好像是在山白竹丛中。俵三藏大大喘了一口气，进入了香甜的梦乡。

俵三藏醒了。他不知道到底是因为寒冷醒了，还是因为身体疼痛醒了。但不管怎样他睁开了眼睛。

已经是夜晚，满天繁星。三藏仍然一头雾水，疑惑身体为何如此疼痛，不过还是再次昏睡过去。

第二次醒来的时候，三藏想伸展一下身体，但手已经不灵便了。别说动动手脚了，浑身丝毫动弹不得。只有头部能动。三藏扭头一看，妈呀，在离自己不远的地方燃着篝火，五六个相貌丑陋的男人围坐在篝火旁。

这是怎么回事？三藏正要起身，却发现自己已被五花大绑。他惊诧于自己居然能被绑得如此结实，两条腿简直像一根棍子。俵三藏打了一个大大的呵欠。

"你们是谁？"

他说这句话时，语气出奇地平静。因为除此之外，实在找不到合适的口吻了。怎么怒骂怎么吼叫也都会无济于事的。

"呦，醒了啊？"一人把脸转向他。

那个男人口音很重。四十岁上下，穿着毛皮坎肩。右脸颊上有刀疤，使他比寻常人更添几分丑陋。

三藏数了数，篝火周围共有六个男人。显然是一群野武士。其他五个男人原本直勾勾地盯着三藏，又沉默地迅速移开视线，再次把手靠近熊熊火焰。

"是从野田城逃亡的吧？"身着毛皮坎肩的男子问道。

"的确。"

"在哪里喝的酒？"

"不知道是什么村落。"

"喝得烂醉如泥，连被绑了也不知道，真是个笨蛋。"

"你们把我绑起来干什么？"

"又没说要杀你。"

"你们杀得了我吗？"

"杀你还不容易？可是杀了你有什么好处？你一无所有。"

"那你们要干什么？"

"先留你一条狗命。你虽然看着蠢，但是块头大，留着自有用处。"

"有什么用？"

"望风！"

"望风？"

三藏想要活动身体，马上意识到自己现在的状况："让我望风也行，什么都行。快给我松绑。"

"那可不行。得等我们把你鼻子削了，削了鼻子你就哪里都去不了了。"

这么说来，其他武士尽管鼻子没有被削掉，但鼻梁上都有一道被刀划伤的疤痕。

"咳咳……"三藏呻吟起来。

俵三藏觉得削鼻子是无法忍受的。他自打出生以来一向沉着冷静，但唯有这件事使他异常激动。

"别削我鼻子！除此之外，任何条件我都可以答应。"

三藏一脸认真地说，大半辈子都没这么认真过。一边说，一边试图用被拧到背后的双手解开绳子。可是无论他怎么用力，绳子纹丝不动，像藤蔓似的缠绕着他。

三藏非常气恼，从来没有这么气恼过。他痛恨自己被五花大绑却睡得如死猪一般。这么疏忽大意的事，活了大半辈子也没碰到过。

总之，从某种意义上来说，俵三藏像是来到了人生的最低谷。野武士削鼻子一句话，瞬间激发并唤醒了俵三藏所有的感情。

"你挣扎也没用！要想加入我们的队伍，无论如何得给你留点记号。"

"我做什么你们才肯放了我？"

三藏低声下气地求饶，也是他有生以来第一次。他使出吃奶的力气，双脚死死扣在地上，两臂向左右发力。但是藤蔓一动不动。三藏知道挣扎也是徒劳无功，立刻安静下来。

"没办法，削吧！"三藏说。

让他吃惊的是，决定放弃的感觉也不错。放弃，对他来说也是破天荒头一次。

"好吧，我放弃了。削吧！"

三藏觉得，如果被削鼻子是无法逃脱的宿命的话，那就这样吧。那就能干脆利落地放弃美雪了。那个女人美丽的眼眸和雪白的颈项再也不会在自己眼前闪现了。这是对自己贪恋风花雪月的惩罚。这就是所谓因果报应吧。

"削啊！快点动手啊！"三藏放声大喊。

"吵死了，吵吵嚷嚷的干什么呢？"

话音未落，一个女人的脸从与三藏相隔一米的山白竹丛中冒出来。

女人展开双臂打了一个大大的呵欠，虽然动作大大咧咧的，但是张圆的嘴巴却很小。女人的脸映在篝火的光芒下，有一瞬间像夜叉。夜叉又打一个哈欠，上前两三步，俯视着三藏的脸。

"我再打个盹，安静点！"她边说边骨碌一下躺在了三藏旁边。

三藏感到夜叉的手碰到了自己的脸颊，就把头转向她。夜叉的脸贴着三藏的脸，静止不动。女人的手非常柔软，柔软到令人害怕。

篝火熄灭，周围变暗了。黑暗中只听男人们鼾声如雷。只有三藏一人身体无法动弹，瞪大眼睛。看来眼下不会被削鼻子了，不过他睁大眼睛并不是因为这个，而是因为女人的身体紧紧依偎在他身上。

女人的手轻轻放在他胸前，脸颊贴着他的脸颊。女人的体香和发香让年轻的俵三藏难以抗拒。三藏用也许很快就会被削掉的鼻子闻着女人的味道。三藏无法判断女人是否真的睡着了。如果她真的睡着了，那肯定睡得死死的，因为完全听不到呼吸声。

三藏再也无法忍受。他觉得再这样下去，自己会发疯的。

"快点削掉我鼻子！"三藏低声说。

女人就在身旁，所以没必要大声叫嚷。当然，三藏并未期待女人回答。

"安静点！"这时他耳边响起若有若无的声音。

然后那个声音接着问："你叫什么名字？"又仿佛是在他耳边窃窃私语。

"俵三藏。"

"嘘！再小声点！真是个好名字啊！"

三藏觉得，黑暗中紧紧地靠在自己身边躺着的夜叉，像是不知何时被调了包，变成了一位年轻美丽的女人，声音和语调都如此温柔。

"你要是好好疼爱我的话，我就救你的命。怎么样？"

女人的手从三藏胸部挪到他腋下，骤然使了力气。

三藏没有回答。因为这交易带有侮辱性。

"怎么样？"

"我不愿意。"

突然，三藏侧腹部传来一阵剧痛，他忍不住叫出声来。像是被尖锐的石头之类的东西顶着。

"别抛弃我，好好疼爱我！那样的话，我就帮你解开绳子。"

侧腹部被一个小物件顶着。这种疼痛是否会一直持续下去，看来要视他的回答而定了。

三藏没有回答。利用疼爱女人来脱险，无论如何都有损武士的尊严。

"喂，怎么样？"

迟来的月亮露出了脸，微弱的光亮忽然照亮了四周。三藏差点惊叫出声。躺在自己身旁的女人不是夜叉。大概十八九岁左右的样子，脸庞圆润白皙，非常稚嫩，一双眼睛盯着他熠熠生辉。

"好不好？你就喜欢我吧！"

三藏脸部扭曲，闭上了眼睛。对方突然这么说，能否喜欢上，他自己也拿不准。可他又觉得喜欢上她也没什么不好。

于是，一句话毫无抵抗地从嘴边滑了出来："那我就喜欢你吧。"

女人银铃般的咯咯低笑，像挠痒痒一样挠在三藏脸上。

"那你能答应永远不抛弃我吗？"

对于三藏来说，这更是一件难事。他想起自己告诉美雪左近八郎可能已阵亡时美雪那悲痛欲绝的神情。他恨不得从脑海中消除掉当时美雪的模样。

"也不是不行。"

然后，三藏感到些许悔恨和痛苦在心中涌流。他重新端详女人。从脸颊到下巴都是肉嘟嘟的。水汪汪的眼睛一眨一眨。嘴唇稍微厚一点，像某种富有生命力的生物一般湿润而有光泽，胸部饱满挺立。

"你发誓？"

"我发誓。"

俵三藏好像是在对美雪发誓。

女人口中传来意义不明的呢喃声。俵三藏立刻感到身体的所有部位都冷不丁地被柔软的东西紧紧箍住了。他正打算挣脱，右手啪的一声落到了前面。双手重获自由，紧接着双脚也自由了。

女人用手麻利地解开三藏身上的绳子。三藏配合着女人的手，一会儿躺卧，一会儿俯卧。即便全部藤蔓都从他身上移开了，他也任由女人摆弄了一会儿。因为他手脚已经麻木。三藏一点点活动着手脚，然后逐渐增加活动幅度，直到坐了起来。

女人身体小巧玲珑，她仰望着三藏的脸，整个姿势给人一种坦率到愚蠢的感觉。

"抱紧我！"

"现在还不行。"三藏决定延期履行约定。

女人听后扑哧笑了。

"抛弃我可不行哦！"她齿若瓠犀。

"我不会抛弃你。"

听到这里，女人把脸伏到他胸前，撒娇似地慢慢蹭着。她好像把自己的一切都交给了三藏，大胆又坦率。

三藏想小解，便站起来走了三四米。这时，一个野武士醒了：

"混蛋！怎么把绳子解开了？"

闻言，五六个壮汉一跃而起。

"我不会逃的!"

三藏一边这样说着,一边从容小解,然后回到了武士们所在的地方。他既然与女人有约在先,就必须践行约定。

俵三藏回来后盘腿坐在竹丛中。抖着腿一言不发。

野武士们本想等着三藏先开口,见他不吱声,不禁有些扫兴。一个首领模样的五十岁男子向部下们吩咐道:"别让他跑了。"

然后对其中一人努了努下巴说道:"好冷,快生火!"

火堆焚起后,首领总算摆出一副要审问三藏的架势:"好样的,你居然解开了绳子!"

三藏继续沉默。身体重获自由,沉默寡言的天性又回到了他身上。

"喂,快回答!"一个野武士叫嚣道。

三藏咕哝着说:"我绝不会逃的,因为我与人有约在先。"

"有约?"其中一人把脸凑到三藏旁边。

这时,一阵银铃般的笑声响起。是那女人。她夹在野武士中间,双手烤着火,眼睛却一直盯着三藏。三藏仍在那双眼睛里读出了坦率。

"这人是我放的。因为他是个了不起的男人。"

俵三藏生平第一次得到这样的评价。他素来毫无表情的脸这时变得皱巴巴的。

"谁都没有他身体棒。他肯定武艺高强。比你们在座的任何人都高强。从今天开始,大家都要听这个人的指令行事。"

"什么?"

首领模样的人喊出声来,冷不防地向三藏扑去。三藏累了,不愿动弹,也不想动武。他咕哝了一句,但谁也没听清。

下一刻,只见三藏抓住挑战者的手腕,猛劲反拧,吸了一口气,就把挑战者掷到了篝火那边。

在篝火中摔了一个屁股蹲儿的野武士站起身来,拔刀相向。

三藏也站了起来,嘴里咕哝着什么。挑战者没有立马斩杀过去。

"一对一比试,其他人不准出手!"女人泼辣地说。

然后她对三藏说:"你上吧!我被那家伙拐骗,还被狠狠揍了一顿,吃尽苦头。"

她站起来递给三藏一把刀:"可不能输噢!"

她说话的时候声音甜蜜软糯,还和刚才一样带着点鼻音。她向三藏抛了个媚眼,再次返回篝火旁。

"大家都坐着！谁也不能出手！"

然后又用甜得发嗲的声音对三藏说："可不能输噢！"

三藏拔出女人递过来的刀，嘴里冒出奇怪的话："你别过来！过来的话，我就砍死你！"

他想，如果对方真敢砍过来的话，我可真不会手下留情。这家伙想削我鼻子，本就跟我有仇。而且还拐骗了中意我的年轻女子，真是可恨！

"你别过来！过来的话，我就砍死你！"三藏再次发出警告。

不过，对方还是不管不顾地砍了过来。只两三个回合，野武士的大刀就飞到了斜前方，掉落在篝火旁。

"能滚多远滚多远！"

伴随着三藏的吼声，野武士向前一步一步地往山白竹丛里走去，发出哗哗的响声。他一头扑倒在那里，再无动静。也许是昏过去了。

如果不是打仗的话，三藏平素怎么也不想抢起大刀。因为对对方没有那种敌意。

三藏知道自己的武器在篝火对面，就拣起来径自离开了。女人马上跟了过去。

"你要去哪里？"女人叫住他。

"我也不知道去哪里。"

"你说什么？你要是冒出奇怪的想法我可不答应噢。你忘了咱俩的约定吗？"

听了这话，三藏觉得自己确实跟她有约定。

"这里太冷了！"

"这里冷的话，有更好的地方！"女人说。

她又对站在火旁边的人说："我要跟他走，你们想跟来的就跟来！"

此言一出，三藏顿觉无处可逃。没办法，作为武士，一言既出，驷马难追。

三藏走在前面。这是一条狭窄的山脊道。左右两边都是密密匝匝的山白竹。在如银月光的照射下，俨然一片灰色的、柔软的大海。在那苍茫大海中间的唯一道路上，三藏的步伐与往常如出一辙。背后传来了好几个人踏上道路的脚步声。

三藏中途蓦然回头。自己背后紧跟着的是女人，女人背后是几个野武士。三藏站住，女人也立刻站住了。

"大家都来了吗？"女人回头说道，然后清点了人数。

"哎呀，只差了一个人啊？"

"头儿没有来。"背后传来了这样的声音。

"那家伙怎么当头儿！从今天起我们的头儿是——"说

到这里，女人换了一副语气，转头问三藏，"你名字很好听的。叫什么来着？"

"是俵三藏！"三藏半自暴自弃地回答。

"名字真好听啊！"然后，女人回过头去，叮嘱大家说，"从今天起，这个人就是我们的头儿，就这么定了。"

"去哪里？"三藏问。

"去哪里都可以。"女人笑意盈盈。

"不管你去哪里，我都会跟着你。你可以去任何你想去的地方。反正我们回不了村子了。"

"村子？"

"是的，大家都是同一村子的。只有走掉的作十那家伙不是。"

"哪个村子？"

"天龙川的后面！可是个好地方哦。"

"如果可以的话，你们回村子里就行了。"

如果可能的话，三藏真想和这个女人分道扬镳。

"讨厌死了！总是打仗，又不能当农民。辛辛苦苦种了大米，也会被悉数拿走。"

"原来你是农民啊。"

"家里是农民。"

"家里人还在村子里吗?"

"多半是跑到别处去了。如今这个世道,还在老老实实种庄稼的傻瓜不多喽。"

"那么,现在你们靠什么生存?"

"偷东西。"

"偷东西?"

"是的。"

"真偷东西了吗?"三藏重新端详着偷东西的年轻女子。

"没有。"女人摇摇头,"作十那家伙太笨了,偷不到好东西!你的话肯定行。我看上的人,保准没错的。"

"我是武士。"

"武士怎么了?武士也能偷东西啊!"

"我不偷。"

"胡说!你们不是打了仗就偷东西吗?"

三藏想,如果非要那样说的话,也有道理。他感觉这个问题值得深入思考,但还是留待以后吧。

"那我们去哪里呢?"三藏问。

"哪里都可以。你叫我们往东,我们就往东,叫我们往西,我们就往西。你去哪里我们都跟着你。"女人说。

她说得头头是道,很老练的样子,皎洁月色映照下的脸庞却很稚嫩。

"那么……"

三藏心想,到底应该去哪里呢?他数了数跟在自己身后的男人,加上自己和女人一共七个。一看他们的走路方式就知道都是庄稼人。三藏心头烦闷,可还是不得不压抑着继续往前走。

"你叫什么名字?"

女人只是笑,没有回答。

"到底叫什么名字?"

"哎呀……"女人面露羞赧之色,"不是多好听的名字。"

她思索片刻:"公主!"

女人说完,凝视着三藏。

"公主!公主殿下的公主!"女人再次说道。

"公主?"三藏不由得瞄了女人的脸。

"是真名吗?"

"真名我早就忘了!反正你叫我公主就好了。"公主坐到路旁的石头上,"好冷啊!"

五个部下也都一屁股坐在地上,好像不休息就吃亏了一样。

清冽的月光把女人的侧脸映得苍白。她有一头罕见的浓密头发,用带子束在脑后。似乎关于她的一切都很丰润。身材胖乎乎的,眼珠又大又黑。

叫公主啊！三藏很佩服。她要是真穿上公主的服装，袅袅夜色里，倒真像是一国一城的公主。

"公主啊？"三藏开口。

"嗯。"偷东西的女人张开樱桃小嘴，继续说，"好冷！好冷！要是作十那家伙在的话，这种时候会帮我取暖的。"

三藏又走了起来。公主跟在后面，五个部下陆续跟上。三藏生平头一次率领着追随自己的一个女人和五个男人。感觉有点奇怪，但并不是很糟糕。

公主不断地小跑。因为三藏大步流星地走着。

"好快啊，你真厉害啊！"公主不时这样说。

每次好不容易赶上他，马上又被落下一截，然后为了赶上再次小跑起来。

"你喜欢我吗？"三藏突然停住脚步，问道。

女人点点头："因为你很了不起啊。"

"哪里了不起？"

"哪里都了不起。"

"比其他男人都了不起吗？"

"了不起得多——"

"真的吗？你说的是真心话吗？"

"不行，现在可不能说。以后高兴的时候再告诉你。"

公主拽着三藏的手臂，大口喘气，从下往上仰头看他。

俵三藏觉得这个世界上哪有如此可爱的小偷。

黎明降临，雾气缭绕。突然女人的脸从他面前消失了。他觉察到铠甲一侧发沉，就伸手去摸，结果摸到一双小手。突然，那双小手用闪电般的速度缠上了他的脖子。

"不要忘记约定噢！"

非常不像真正公主的坦率而甜蜜的声音从雾中传来。

天一亮，雾气就消失了。大家走下了山坡西侧的斜坡。从那里俯视平原，可以看到大群乌鸦在飞舞。

"这么多乌鸦，肯定还会再打仗的。"女人说。

冰雹

元龟四年（1573）二月十六日。

一大早天空就阴沉沉的，太阳不知躲到了哪里。下午气温骤减，一时左右下起了冰雹。雹子像小石块般大小，在此地非常罕见。三时以后冰雹渐渐停歇。西边天空逐渐放晴，一抹微弱的冬日阳光洒向地面。

此时，一支整齐的队伍从长筱城出发，向广濑川上游前进。

这是被誉为"山家三方众"的豪族部队。从旗帜判断，最前面是长筱城菅沼正贞的部队，接着是作手城的奥平入道的部队，最后是段岭城的菅沼定直的部队。他们原本都隶属于德川军，现已成为武田军的一翼。队伍总人数正好两千，个个身穿盔甲，手持武器，威风凛凛。

在最前面的菅沼队伍和紧随其后的奥平队伍之间，有两名被俘的骑马武士。他们是野田城守将菅沼定盈及其副将松平忠正。令人费解的是，菅沼定盈骑着一匹跛马。

到了广濑川的河滩，两位被俘的武将坐在河滩上，部队以他们为中心，摆出半圆阵势。

等这边摆阵完毕，德川军绵长的队伍也来到了对岸的河滩上。他们同样把与这两位武将作交换的十六名人质安排坐在河滩上，但行动更加迟缓。过了好大一阵，两千人才同样围绕着人质摆出半圆阵势。两支队伍隔河对峙。

冰雹停了一会儿又下了起来。

五位骑马武士跑到长筱城那边的堤坝，在河堤上停了下来。其中四位跳下马背，围住剩下那一位骑乘者，把他从马背上放下来，然后押送到河滩上。

这样被交换的俘虏，除定盈和忠正之外又增加了一个。新增的俘虏名叫左近八郎。他踩着河边的石头，仰着身体行走。

在八郎眼里，绿色的水流，宽广的河滩，两支分别部署在两岸的阵势相仿的队伍，俨然是个天然大舞台。

左近八郎被安排到距离菅沼定盈和松平忠正二人不到两米的地方。

八郎端坐在小石块上，向定盈和忠正行注目礼。

"左近八郎，精神可嘉！"

八郎听着定盈的话，听完后恭恭敬敬地低头示意。定盈似乎已经知悉左近八郎将和他们一起返回德川那边。八郎一边凝视着散落在河滩上的冰雹，一边想起了安良里所说的"投靠胜利一方"的话。

河对岸的德川军派了一位骑马武士渡河而来，相应地这边也有一位骑兵渡河而去。

他们在河中央碰，相互传达旨意，又返回各自阵营。

"站起来！"

左近八郎依言站了起来。八郎跟在定盈、忠正之后，穿过漫长的河滩，站到了水边。河对面的几个武士牵着三匹马跨过河水前来迎接。

这边也同样，有十几匹马为了运回人质而涉水渡河。

在两岸的河滩上，除火枪队以外，全体肃立，严阵以待，以便在紧急事态发生时能够迅速攻击对方。

"辛苦了！"前来迎接的武士说。

八郎跨上他们牵到自己面前的马。

按照定盈、忠正、八郎的顺序，三匹马步入河流。左近八郎一跨上马背，便觉得河水冰凉刺骨，膝盖以下几乎要被冻碎，那股寒冷劲儿哧溜一下窜到了上半身。

八郎忍不住瑟瑟发抖。并不仅仅是由于水冷，还因为他如今背叛了德川，作为武田的奸细重返德川。

但是，八郎身上的那股寒冷很快消失了。他想起了从野田城向长筱城前进的那个雪天，安良里从自己身边跑过的样子，便把手里缰绳拉紧，让马头立了起来。

他到了河流中央，水流非常湍急。

"左近先生？"突然，一个女人的尖叫声沿着水面传来。

"左近先生！"

左近八郎简直不敢相信自己的耳朵。声音是从河流上游响起的。

他放眼望去，在离自己近二十米的河流上游，十几名被德川俘虏的人质正骑马往另一侧岸边走，正巧与自己相对，也走到了河中央。

喊叫声显然是从队伍里发出的。八郎一下子就分辨出那是美雪的声音，但是十几人排成一列，很难立刻找到美雪的身影。

"八郎先生！"声音第三次响起。

与此同时，他看到不知哪个阵营的骑兵向上游赶过去，最终停在了长长的人质队伍的尾梢。左近八郎望着那里，突然看到一只纤细的手越过那群武士的头顶高高举起。

之后就再也听不到美雪的声音了。

八郎想举手回应美雪，但还是忍住了。要是意气用事，后果可能不堪设想。八郎从上游挪开了视线，在水中用双脚紧紧地裹住马腹，尽力追赶前面松平忠正的马。

到了对岸，左近八郎骑着被水打湿的马在水边绕了几个小圈，翻身下马。几位武士郑重其事地迎接，八郎就听凭他们安排。

不知何时，他与定盈和忠正分开了，被独自带到了堤坝对面。他被安排在一间小屋里，坐在马扎上，喝着别人端来的茶。喝完后，三位武士为他除去湿衣，换上干净的新衣。

一会儿，又进来一个武士，恭敬地垂首道："您真是太了不起了！您一切平安就好。"

八郎说："我还想要一杯茶。"

对方用昂扬的声调说："没问题，包您满意。"

八郎一边品着第二杯茶，一边想起美雪的声音。听山名鬼头太说她当时逃出了长筱城，那她作为随从也跟着人质去了滨松吗？不过，这些都无所谓了，她平安无事就好。

过一段时间，我一打听到对抗野田城的新城池的位置，马上就回武田那边去！那么，武田会给我配备骑马武士二十骑，足轻百人。如果我获得了那样的地位，美雪会怎么看待我呢？

"您一路奔波，辛苦了。但是我们需要立即出发，真是委屈您了。"

听到刚进来的武士的话，左近八郎便走出了小屋。

外面雹子已经停了。两个武士按住辔头，八郎骑上了马。他已不是从前的左近八郎，而是作为始终没有变节的野田城勇士，现在朝滨松进发。

他前后都是绵延不绝的队伍。队伍一开动，左近八郎就不再考虑美雪了，野心俘虏了他。

冬日昼短，天色已暗。一头雄鹰在寒冷的天空中划了一个大弧，然后朝北方飞去。左近八郎精悍的眼睛瞬间发现了那头雄鹰，视线一直不离开它。

另一方面，交还给山家三方的十六位人质，穿过河滩来到堤坝上，其中病人和七个孩子乘坐早已备在那里的轿舆，其余九人徒步前往长筱城。

被德川方劫持为人质的都是山家三方首脑的妻儿。美雪跟随在菅沼正贞的妻子之后，踏上了冻结成冰的坚硬地面。美雪时隔两年回到故乡，而其他人已经在异乡度过了四五年甚至更长的岁月，因此空前的兴奋感笼罩着这一群弱小的归国者。

河边的风凛冽刺骨。菅沼正贞的妻子走在美雪前面，她的口中不断发出咯咯的笑声，使得冰冷的空气也随之颤动。

"这条路好长啊！"她这样说着，随后又笑道，"拐过那儿就能看到城堡喽！"

她不时说说笑笑，短促的笑声像蹦豆子一样，忽而迸裂忽而消失，在大家耳朵里听起来有些反常。与其说是一种笑声，倒不如说是一种疾病。

只有美雪无动于衷地听着她的笑声。左近八郎还活着！那她自己就有很多亟需考虑的事情。

时隔两年再次见到父母，心情也并没有变得愉悦。她原本就是擅自离家出走，逃出城下的。父母也许做梦都没想到，她今天会与十六个人质一起归来。

两年前离开这儿的时候，也是这个季节。只是没有经过此路，而是经过河流下游的渡口。当时美雪以为自己再也不会踏上这片城下的土地。父亲、母亲、城堡、故乡山河，她都可以为左近八郎舍弃。

这两年里，她生活在滨松，却一直在四处打听左近八郎的消息。在德川数万武士中，想打听一位年轻、籍籍无名、长筱出身的武士的去向，无异于大海捞针。谁会想到，当她再次踏上故乡土地时，却与心心念念的八郎在河流正中央擦肩而过，真是造化弄人啊！

美雪回忆起自己冲着左近八郎大喊三声的情形，她不确定喊声能否传入他的耳朵里。

美雪一想到自己和左近八郎的距离现在正在一步一步拉远，就感到浑身颤抖。

左近八郎还活着！左近八郎还活着！现在自己却离他越

来越远了！美雪凝视着结冰的地面一直行走到城下，部队停了下来。

一个陌生武士带着她离开部队，来到一个小寺庙的门前，或许是在这里等待上级命令。

左近八郎还活着！踏着寺庙里昏暗的地板，美雪无数次这样想着。

美雪没有马上回家，而是被安排到寺庙的一间屋子里。对此她非常感激。她不想见任何人，她有很多必须考虑的事情。

俵三藏说左近八郎已经去世，可没想到他居然还活着，而且又回到了德川阵营。她恨不得立马追上去。

她被带到寺庙深处的一个房间里。"就在这里等指示吧。我想最晚明天会有结果的。"

武士撂下这句话就离开了。美雪想，自己久违地回归故里，这人的言行举止都土里土气，难登大雅之堂。倒是在滨松，十六位人质和作为随从的自己都更加自由，一点也没有被监视的感觉。

年老的住持出来了，"您一定很累了吧？请好好休息。"

他敷衍地打了个招呼，也马上离开了。

一位年轻僧人端来茶，一言不发地行了个礼，也许是下了封口令。

她的房间对着一个小院,院子里杂乱无章地摆满石头。院子右边扎满篱笆,篱笆旁边好像是自己刚才穿过的那个大庭院。

外面人声嘈杂。美雪站起来,隔着篱笆往大庭院里看去,武士们三三两两地聚在一起,或坐或站地聊天。不管是监视还是警卫,这些武士都是为她配置的。美雪看不上德川的武士,感觉他们无论语言还是动作都像一群乌合之众。

武士们从各处运来木柴燃起篝火。在众人忙碌的身影中,美雪突然看到一位蛮横的武士,他坐在庭院低矮的灯笼上,让部下捶着肩膀。美雪心里有个念头一闪而过:此人很像山名鬼头太。

美雪从远处盯着那个武士看了一会儿,武士让部下把柴火堆到自己面前,颐指气使,态度蛮横。

"好吧,捶肩膀的去烧篝火!烧篝火的过来一个给我揉肩!"

听到那个武士的大嗓门,美雪想,果然是山名鬼头太。自己对他的声音也有印象,而且那旁若无人的举止,非他莫属。

"真讨厌,我以前真是瞎了眼了,怎么会喜欢上那样的人呢?"

美雪感到一阵寒意，趁他不注意，赶紧猫着身子回到了房间。

左近八郎还活着！美雪决定只想八郎，但是精力无法集中。

夜幕悄然降临在狭小的庭院里。

大约过了半个时辰，美雪听到一阵匆匆忙忙的脚步声，便回首望向庭院方向，鬼头太冒了出来。

鬼头太眼睛睁得大大的，站在靠近廊子①的飞石上，一时说不出话来，一边大口喘息着，一边望着美雪的脸。

"我刚听说！"这是鬼头太嘴里冒出来的第一句话。

"您听说了什么？"美雪冷静地说。

她一到鬼头太面前，就会异常冷静，两年前如此，现在也一点没有改变。

"我去城内办事的半路上，听说你回来了，所以我赶紧跑了回来。"

"您不知道吗？您明明在这里。"

"怎么，你早就知道了？"

"我立刻就知道了。"

---

① 廊子，日语原文是"缘侧"，指日式房间外面延伸的有屋檐、可以坐的地方。——译者注

"我真是太粗心了！怎么都没想到你会在人质队伍里。我是奉命来看守这座寺庙的。"

美雪笑出了声。

"你是开心吗？"

"没什么开心的，只是觉得好笑。"

"什么事好笑？"

"因为您还是老样子。您没有去广濑川的河滩吗？"

"我没去！我刚开始接到了命令，后来又有别的任务。那么冷的天，我却没去河滩接你，真对不起。我要是去了就好了！"鬼头太说。

美雪反倒觉得，如果他真来了的话，说不定会上演一出意想不到的喜剧。

"我见到了左近先生。"

"见到了吗？真见到了吗？"鬼头太面部肌肉抽搐了一下。

"那家伙运气真好。本来是要被杀头的，却想办法糊弄过去，现在还被遣回了德川部队。"

美雪没有理会鬼头太的恶劣态度，眼前一下子浮现出左近八郎越过河滩的身影。

"之后他去了哪里呢？"她问。

"我怎么知道？"他一脸不悦，然后又问，"你还在想着左近八郎吗?"

"不,我没想。"

"那你为什么问这个?"

"我只是在意。"

"在意?在意是什么意思?"

"还是喜欢吧。"

美雪冷不丁地说了这句,然后凝视着鬼头太的脸,观察他的反应。美雪只有面对山名鬼头太时,就像变了个人似的,说话异常坦率。以前她对青梅竹马的鬼头太并不讨厌,但是,自从遇到左近八郎之后,就无缘无故地讨厌起来。而且,鬼头太也不再是那个对自己百依百顺的人。

美雪觉得,若非自己从一开始就这样留心的话,现在可就麻烦了。

不知何时起,山名鬼头太像变了个人一样,一站到美雪跟前,不管美雪怎么说他,他都不会暴跳如雷。

"你说话还是这么难听!你就算喜欢左近八郎,也无济于事的。对那个骗子,你还是早点断了念头吧。"

"骗子?"

"不是吗?在我们中间横插一杠子的不就是那个家伙。"

"我们之间什么都没有发生。"

"你不能说没什么。"

"有什么了吗?"

"你扪心自问就知道了。"

美雪有些夸张地笑道:"我不知道。"

鬼头太瞪大眼睛:"你以前喜欢我。现在也喜欢。你只是看不清自己的真心。"

"不劳您费心。"

"好啦,你自欺欺人也没用。"

"绝对没有。"

"嘴上说什么都可以。"

"好吧。"

两年前就一直这样,美雪这时想闭口不言了。

"人必须坦诚地理解自己的内心。"

"……"

"我知道你喜欢我,也知道你说不出口,我太清楚了。"

"……"

"其实你是讨厌左近八郎的!好好看看你的内心吧。"

美雪觉得他在胡说八道,气不打一处来,"你真是不可思议,一说话就惹人生气。"

"这是为什么呢?"

"您自己不知道吗?"

"不知道。"

"就是你现在这个样子,真让人来气。"

"是优点还是缺点?"

"您觉得这是优点吗?"

"我肯定不那么认为。"鬼头太大言不惭地说道。

"那一定是优点吧。"

美雪这时不想再见到鬼头太。实际上,如果她继续盯着鬼头太脸庞的话,就会恨不得冲上去狠狠地摇晃他的身体。可是如果真那样做的话,也只会给他带来更多自信。

"你说过我这个人单纯、朴实、脾气好。"

"那是很久以前。以前我一无所知,才会那么觉得。"

"你以前真的这样觉得吗?"

"请不要搞错。那都是很久以前的事了。"

"无论是以前还是现在,我都无所谓。"

山名鬼头太开始用自信碾压时隔两年后重逢的美雪。

"我太累了。请您离开!"美雪想独自一人待着。

"我有很多事情想问。"山名鬼头太却岿然不动。

"您想问什么?"

"你为什么要出城?为什么要侍奉夫人?"

"你不明白吗?"

"我不明白。"

尽管没那么好笑，美雪还是扑哧一声笑了起来。然后什么也没说。

"那之后，你生活得怎么样？一路上肯定碰到各种困难吧？滨松那儿也会下雹子吗？"

"够了！"美雪瞪着鬼头太，"我真的很累。如果知道你和我说了这么多，我会受到责备的。"

"我知道你会被责备。我顶多在战场上多杀一个就是了！"

"您回去吧！"

鬼头太看到美雪眉宇间带有一种歇斯底里，心里不禁感慨她简直貌比西施。

最终鬼头太还是妥协了，悻悻地说："那你今天好好休息。"

然后他走出了院子。

不过，他很快又折返回来："我想问一件重要的事情。"

美雪默默地望着暮色笼罩着的院子里的灌木丛。

"只问一件。"

"……"

"可以吗？"

"……"

"你和左近八郎拉过手吗？"

"……"

美雪想起了八郎冰冷的手。她的右手曾握过他肌肉紧实的手心，感受到他体温的冰冷。那种感觉在她身上苏醒了。

美雪发出意味深长的低叹："啊！"全身的血都涌到了脸颊上。美雪单手撑在榻榻米上说道："我累了。"

只有在这时，她才用坦率的眼神像哀求一样望着鬼头太。

鬼头太不知作何感想，他不再询问，这次真的走出了院子。

他出去不久，饭菜就端上来了。美雪只是形式上动了动筷子，心里想的还是左近八郎在做什么。

门外响起了嘹亮的法螺声，她突然回过神来。美雪也知道这是出征集合的口号。屋外突然喧闹起来。武士们嘈杂的脚步声持续了好一会儿。不久，门外就安静下来了。长筱城的部队要向某个战线出征吗？

等鬼头太第三次跑来的时候，门外已经完全黑了。他已全副武装，披挂整齐。

他上半身探上廊子，咳嗽着说："一句，我只问一句！"

他的脸沐浴在房间的灯光下，比刚才更加生动。

"你和左近八郎拉过手吗？"鬼头太眼睛里有一点血丝。

"你就回答我这个问题吧,我要去打仗了。"

"您要去哪里?"

"我怎么知道。你就告诉我吧。"

美雪想,如果我回答有的话,山名鬼头太就会死心了吧?她看到鬼头太一脸认真,不由得这样想。

"如果我回答有呢?"美雪抬起头说。

"果然如此。"

"我没说有,只是打个比方。"

"别吓唬我!"

"如果我回答有的话——"

"那就把他的头多砍七块吧。"

"如果我说没有的话——"

"砍成五块。"

"哦,不!"

她讨厌这种粗鲁。能如此蛮不在乎地忽略女人感受的男人真是罕见。美雪从今天见面到现在,最讨厌鬼头太现在的样子。

"你们两个拉手了吗?"鬼头太锲而不舍。

"拉过好几次。"美雪索性凉凉地说。

"你撒谎!"

"……"

"说谎也没用！我不相信。你不是那种会被骗子欺骗的女人。我绝对不会相信的。我不相信。"

山名鬼头太像是在确认一样，自己反复地说着，突然背向美雪的方向，急匆匆地走出了院子。

山名鬼头太这次好像真的是离开了，没有再次返回。年轻的僧人给她铺好被褥。美雪虽然疲劳，却不想躺下。她抱着小炭炉，一直坐到很晚。

夜深了，她站在廊子上，打开雨门，发现外面又下起了冰雹。人声鼎沸和车马喧嚣淹没了寺庙前的道路，部队好像向北出发了。扬言把八郎脑袋砍成五块或七块的山名鬼头太也已加入其中了吧？这么一想，美雪隐隐觉得鬼头太很可怜。

"我不相信，绝对不相信！"山名鬼头太一边走一边重复着这句话。

部队走走停停。每次突然停止，鬼头太都会撞到前面的杂兵身上。

"小心点！"鬼头太怒吼。

部队开始行进后，他的部下又从后面撞到了他身上。

"小心点！"他又怒吼。

"我不相信，绝对不相信。"

美雪的话在他脑海里像一团乱麻一样相互缠绕，不断闪现。美雪和左近八郎拉手的事情时而使山名鬼头太绝望、凶暴，时而使他反而变得温顺。

夜晚，地面微微发白。冰雹下得正紧。

部队又停了，而且这次停下来不动了。鬼头太勉强分辨出自己所站立的地方是山麓，右侧雹子敲击在灌木树叶上的声音让他心烦意乱。

马蹄声响起，一个骑马武士走近了。

"有不要命的吗？"一个低沉、压抑的声音响起。鬼头太倏地竖起耳朵。

"有不要命的吗？有的话就报给我。"骑马武士的声音再次清晰地响起。

不要命的人？鬼头太想，又不是现在大家才不要命。但是，究竟是什么任务呢？看看任务情况，自己也不是不能豁出命去。

鬼头太像被鬼附身似的离开了队伍，追上了缓缓驱马前进的武士。

"有不要命的吗？有的话就报给我。"每隔一段时间，武士嘴里就发出这样低沉嘶哑的声音。

"喂……"

鬼头太打了招呼。他嗓门很大，武士立刻勒住马缰。

"请自报家门!"

"菅沼正贞的家臣,山名鬼头太。"

"好!"话音未落,武士已拨转马头,从山名鬼头太身旁擦肩而过,冲回了部队最前方。

"喂……"鬼头太喊了一声,可是没等他反应过来,马蹄声早已远去。

"我还没说不要命呢。"他这么想着,也这么说出了口。

周围响起一阵哄笑。

"山名鬼头太,到前头来!"

很快,前头传来了如上命令,从前往后以人人口耳相传的方式传达到鬼头太这里。他听后有些厌烦。他根本没说不要命,只是想问问是什么任务而已。

鬼头太没办法,只好一边朝最前面迈步,一边从印笼里拿出小石头,握在手掌里,然后打开了。

他用手指摸着石头表面。正面朝上!鬼头太松了一口气。好吧,尽管不知是何任务,不过似乎可以放手一搏。

花了很长时间,鬼头太终于到达了队伍最前面。在夜色下,几位武士正骑马来回兜着小圈子。

"你就是山名鬼头太?"一个陌生的声音落下。

"你有妻儿吗?"

"没有。"

"你说过不要命。没错吧?"

"没错。"

一位武士从马上跳下,"跟我来!"

鬼头太跟在那位武士后面。狭窄的小路成了上坡路。雹子砸在灌木上的声音比刚才更响了。由于地面已经结冰,鬼头太一连两次在岩石边角上滑了趔趄。

爬了很久之后,听到有人嚷道"拿命来!"

话音未落,只见一把刀在黑暗中一闪。刹那间,鬼头太退到路边的灌木丛中。几根树枝弹回来,打中了他的额头。鬼头太放低身子,屏住呼吸,窥探着对方。

"出来!"对方说。

但鬼头太没有出去。当对方收刀入鞘的时候,他才从灌木丛中爬了出来。

"相当有本事啊。能做到这样就足够了。"武士说。

鬼头太感到,刚才对方突袭的时候,刀身杀气腾腾。如果不是自己,换了别人,估计肩头早被砍出一道深口子了。

"好险!"鬼头太说道,心里微感疲劳。

"被斩了的话,就不堪承担任务了。"对方笑声嘶哑,声音中透露出一种勇猛无惧。

"走近点!"

鬼头太向那个武士靠近。

"昨天已经派出了三个不要命的人。一个也没到达目的地，都在半路上被消灭了。你觉得自己能行吗？"

武士说完就沉默不言，像是在揣摩鬼头太的内心。

鬼头太想起刚才占卜时手掌中小石头正面朝上。冰雹依旧在下，天空一角出现了星星。

"你的使命是这样的：请把这个送到远江的秋叶神社。"

武士说完，把一件物事递向鬼头太。鬼头太在黑暗中用右手摸索，很快碰到了武士的手。对方塞给他一样东西。是个小布包。它像腰间的印笼般大小，扁扁平平，几乎感觉不到重量。

"你把它送到秋叶神社的神主那里。明白吗？"武士嘱咐道。

"这到底是什么？"鬼头太想大致了解一下布包里是什么东西。

"不必多问！"对方声音很低，但语气强硬。

"不准刨根究底。绝对不可以私自打开布包。如果中途被敌人袭击的话，就丢掉它，千万不要让它落入敌人手中——明白了吗？"

"我明白了。"鬼头太回答道，但似乎有气无力。

这到底是什么？最自然的一种解释是，这是一封与军队机密相关的密信。但果真如此的话，就没有必要特意包装了。如果是密信的话，还有更好的藏匿办法，可以缝在铠甲的某个地方，或藏在身体的某个地方。

这到底是什么？尽管心存疑惑，鬼头太还是用右手握住布包，认真地回答道："就算拼了命，我也会不辱使命。"

"嗓门别太大！"对方责备道。

"就算拼了命——"鬼头太赶紧压低声音说道。

"最艰难的是从现在到明天的行程。你要渡过丰川，登上鸢巢山，在那里点燃烽火。但是，目前没有人能够抵达那里。昨晚已经有三个人出发了，但是没有一人能燃起烽火。"

武士话锋一转，"从鸢巢山沿着山路走，到达远江。远江的只来城和饭田城虽然理论上在我们手中，但仍然有大量敌人残留。到处都是乌乌泱泱的德川军队，你根本没法指望我们的人。明白吗？"武士又叮嘱道。

"我知道了。"

"磨磨唧唧的话，有多少条命都不够。"

"没关系。"

"有胜算吗？"

"包在我身上。"

鬼头太当然没有十足把握。但是，他觉得使命并没有想象的那么难，总会有办法的。听天由命吧！

不过这到底这是什么呢？夜色中，他两只手摸索着那个小小的布包。

鬼头太回到部队，领到了十日旅途所需的东西，离开已停止行进的部队，独自上路。在沿着丰川向上游出发，进入鸢巢山之前，仍然处于战场，所以他决定全副武装。

黎明时分，他在离长筱城很远的地方渡过了丰川下游。他不停地赶路，仿佛走路就是他唯一的使命。他沿着不知名的小丘陵蜿蜒前进，漫山遍野都是叶子枯黄的柞树。

"如果能完成这个重大任务的话，奖赏要多少有多少。"

他想起那个陌生的武士的话。那人肯定不是长筱城的菅沼正贞的家臣，应该是隶属于武田本营的一名武将。不光是丰厚的奖赏，使命的高难度也激发了山名鬼头太的斗志。他只有在赌上性命的时候，才能暂时把美雪抛之脑后。鬼头太不时抬起头，大眼睛四处张望，疾步如飞。

他终于从丘陵的山麓进入凉爽的杉树林中。

"敌人来了。"鬼头太心中一紧。

他马上停下了脚步。

"你是谁？"三个武士站在离鬼头太十米远的地方，堵住了道路。

"是德川的还是武田的?"

"武田。"鬼头太直截了当地回答。

与此同时,对手拔刀相向。一个壮汉、一个矮个子和一个瘦高个。

"不许动。动一下我就砍死你。你有什么事,要去哪里?从实招来!"长着络腮胡子的壮汉说。

"我要把这个包送到秋叶山。"鬼头太给他看那个用绳子绑在脖子上的布包。

"那是什么?"

"我也不知道是何物。只是奉命行事,我也不能打开看。"

"喂,给我看一下!真是奇怪的东西啊。"

"我不能给你看。这是很重要的东西。你们是谁?"

"我们的任务就是不让任何一个武田的人打这里通过。"

鬼头太出其不意地拔刀,把壮汉打了个措手不及。壮汉肩头被砍,发出一声惨叫,肥胖的身体仰面倒下。

"来吧!"

他慢慢用刀逼退了剩余的二人。下一秒,鬼头太向瘦武士的脚砍去。他无法判断刀尖是否砍中了对方的小腿。不过,瘦武士像兔子一样奇怪地跳着,跳了十多米之后,抱住了一抱粗的杉树的树干。

"哎呀!"那人发出撕心裂肺的惨叫声,然后又像兔子一样跳着逃开了。剩下的矮个子不知何时早已消失得无影无踪。

在到达鸢巢山脚下之前,鬼头太又两次遭遇德川的武士。第一次是十几个人一簇。鬼头太在灌木丛里跑了一个来小时。因为他早已下定决心,只要对方多于三个人的话,他就三十六计走为上计。

第二次遭遇德川军的时候,对方只有两个人。对方还未盘问他,鬼头太就先发制人——因为他们手里拿着便当的包裹。他执拗地追赶对方,最后把他们逼到了小河边的湿地里,如愿以偿。

鬼头太在鸢巢山的半山腰吃了午饭。这时起风了,在冬日微弱的阳光照射下,山坡上的树木不停地沙沙作响。

很快就是山顶了。在山顶上点起烽火,那么最初的难关就算通过了。

"真是好奇,这到底是什么啊?"

山名鬼头太松了一口气,注意力便转移到那个挂在自己颈部、不停在胸前晃荡的小布包上。他把它从脖子上取下来,翻来覆去地琢磨了一番,突然想打开看看。他想,既然自己为了这个玩意儿如此费心费力,打开看看也没什么大不了的。

鬼头太先用槽牙咬断了缠裹得密密麻麻的麻绳。解开绳子，打开略有磨损的藏青色外罩，里面是一个纯白的布包，布包也是用绳子结结实实地绑着。

鬼头太又把那根绳子咬断了。里面用纯白的布包又包了好几层。

"里面到底是什么呢？"

他一层接一层地往里面揭，包裹渐渐变小。最后露出来一张对折的白纸，里面夹着什么东西。

"这是什么？是什么咒语吗？"

令人不可思议的是，里面竟然只有一片绿色的树叶。

这不是耍我吗？仅仅是一片树叶？

鬼头太用手指捻起那片树叶，透过阳光看。没有任何异样。这是一片没有任何机关的货真价实的树叶。

"杨桐树叶啊！"他情不自禁地喊道。

他一脸狐疑地把那片杨桐树叶放在刚才包它的白纸上。不承想，他刚撒手，就从山脚吹来一阵风，把那小小的委托物吹了起来。树叶在枯槁的山草上翩翩起舞，飞舞了两三米的距离，转眼又飞上了天空。

大事不妙！鬼头太急忙站起身。

可是抬眼一看，天空中飞舞着许多树叶。旋风盘旋吸入大量树叶,沿着山坡向右移动,中途改变方向,又朝山麓前进。

这可不行!鬼头太大吼道。

从鬼头太手中卷走那片杨桐树叶的小旋风向山麓移动,旋即变成倒置的漏斗形状,然后在空中消失了。哗!几百片树叶像雨一样倾泻在山坡上。

鬼头太怔立在当场。从到处是灌木的山坡上找到那片杨桐树叶无异于大海捞针。

"丢了怎么办?"鬼头太想道。

他虽然也觉得自己闯祸了,但转念一想,那不过是一片平淡无奇的树叶。

于是他瞪大眼睛,环顾四周,脚下铺满树叶。他弯下身子,捡起两三片树叶,都是茶褐色的枯叶。

"难道就没有一片绿叶吗?"

鬼头太转悠了半天,没找到一片合适的树叶,于是又把眼睛转向那些大树。

他从山腰往下走了三四米,从一种不知名的小灌木枝头摘下一片叶子。这片叶子与杨桐树叶稍有不同,形状更小,绿得发黑。

"用这个将就一下吧。反正都是树叶。"

鬼头太把叶子在腰上蹭了两下,放在刚才那张白纸上。用白纸郑重其事地包起它,再用白布层层包裹,牢固地缠上麻绳,然后用那块藏青色的布包起来,最后在外面绑上麻绳。

"这样就可以了!"

鬼头太心满意足。实际上乍一看,它与刚才的包裹一模一样。不过是包裹最里面的内容稍微有点变化而已。

那么,为何必须要把杨桐树叶送到秋叶神社呢?混账!杨桐树叶是什么?杨桐树叶!鬼头太想了一会儿,灵光一闪。

"难不成——"

这时,鬼头太脑海中闪现的是,那天在野田城深处的广场上,一位来历不明的美丽女子口中所说的"为痊愈而祈祷"这句话。

祈祷痊愈——杨桐树叶——秋叶神社。

鬼头太幡然醒悟。二者好像有什么关联。

"看来病人患了重症!"

那个病人呢?既然搞出如此大的阵仗,就只能是一军总帅武田信玄了。

"病人是生还是死?"

他像在野田城时那样,用小石子再占卜了一次。反面朝上。

"病人要死了！要是信玄死亡的话可就麻烦了。"鬼头太说。

但是他立刻把这些剪不断理还乱的想法抛到脑后去了。为了点燃烽火，他向山顶走去。

春阳

武田信玄在攻陷野田城后，本打算一鼓作气拿下吉田城，打开西进的通道。但是，一直困扰他的胸部旧疾骤然恶化，无奈只好停止进攻，临时转移至野田城外的凤来寺休养。

很不幸，信玄缠绵病榻，未见好转，不得已取消西进计划，收兵回到甲府。当前所未有的寒冬接近尾声、甲州群山已是春意盎然的时候，信玄病情终于好转，他决定再次挥师西进。

三月下旬，信玄重新率领大军从甲府出发，驻军于三河的凤来寺附近，开始攻打吉田城。他们首先攻克了吉田城周边的小城砦，在宫崎修建了新城堡，把山家三方的军队、东美浓的军队以及信州的军队部署在那里。他派遣了一位谱代将领镇守又岩村，一夫当关，万夫莫敌。

此后，信玄打算从胜赖、穴山梅雪等人中间选一人为将领，以一万兵力镇守滨松，将阵营推进到西乡山，并任命山县昌景为指挥官攻打吉田城。

信玄计划速战速决攻下吉田城，因为武田大军比敌人多出数倍，在连连大捷之后士气高涨。

然而此时信玄的病情再次恶化，四月初，他又不得不将西进的计划延后，撤回凤来寺的军队，返回甲府。元龟四年（1573）四月十二日，信玄在返回途中死于驹场，终年五十三岁。

"我活着的时候，无人敢觊觎我们的领地。我死后要绝对保密，不可将我的死讯泄露给他国。"

这是信玄在病床上意识到自己即将大限将至时，留给嫡子胜赖的遗言。信玄在立下遗言后不久就感到意识模糊。

信玄对着侍奉在枕边的武士山县昌景咕哝了一句。昌景把脸靠近信玄，听到了这样的话：

"明天让人把旗子立在濑田那边。"

声音低沉，如果不侧耳细听的话根本听不清楚，但是在山县昌景的耳朵里，那句话就像是水滴从遥远空旷的地方滴下一般，清澈冰冷地回响着。这的确是武人风格的临终之言。信玄虽然停止了呼吸，但仍然没有放弃西上的梦想。

壮志未酬的信玄就这样在忠臣老将的看护下去世了。忠臣老将们恪守其遗言，三年内对信玄的死守口如瓶。

信玄亡故这天下午，甲信的山野刮起了凛冽的寒风。也许是狂风卷起沙尘的缘故，太阳看上去是黑红色的，令人毛骨悚然。从信州和三河交界的山脊上望去，太阳又红又小，如同天灾地变的前兆，让人惶恐不安。

也是这一天，在距野田城不到两里的原野上，左近八郎骑在马背上，望着红得仿佛溃烂一般的太阳。

虽说已是春天，但仍寒风刺骨，干枯的杂草蔫蔫地趴在地上，一幅冬天的景象。

"阳光的颜色真让人不舒服啊！"八郎仰望天空，有种不祥之感。

他作为交换俘虏，在长筱城外被武田军交还给德川军，已历时两个月。在此期间，他赢得了原野田城主菅沼定盈的信任。正如安良里所预言的那样，他今非昔比，拥有数位骑马武士和三十个足轻作为部下，已不是一名普通杂兵了。

定盈将野田城交给了敌人武田，因此必须建造与之对抗的新城堡。之后多次召开了新城选址会议，八郎总是能参与其中。

野田新城建在距离野田城数里的地方。两三天前此事得以敲定。左近八郎觉得再久待下去也是无益，只有尽快回到武田阵营向安良里报告，才是他唯一的工作。昨晚，八郎趁着夜色离开了菅沼定盈的幕营，准备回到武田那边。他要使目前拥有的部下数量——数位骑马武士和近三十个足轻——翻倍。

"多么恶心的阳光啊,简直像血一样!"

八郎驱马疾驰,努力摆脱不祥的念头。

嗖!突然一支箭擦着马腹飞过。八郎立刻趴在马背上,警惕地窥视前方。但是,狙击手却踪影全无。右边有芒草穗子闪闪发光。芒草难道冬天还未枯萎,还能结出银色的穗子吗?这种悠闲的感慨掠过他的脑海。

嗖!第二支箭飞了过来。箭的力道很弱,一点也不足为惧,很轻松就能拨落。他只是害怕火枪,既然被盯上了,说不定什么时候火枪的子弹也会射过来。

他压根搞不清楚是谁、为何袭击自己。有很多可能性:可能被武田方面当作敌人袭击,也可能被德川方面当作逃兵狙击。

第三支箭飞过来的时候,八郎翻身下马,以马身为盾牌躲避。为了看清狙击手藏匿之处,他把视线投向前方。这时,他听到了一阵女人的笑声。这是爽朗通透、无忧无虑的笑声。而且,女人离他所立的地方并不远。

接着又传来了一阵女人的笑声。在相隔约十米的地方,干枯的芒草秆哗啦作响,一个妙龄女郎出现了。

女人背对八郎,将手放在嘴边喊道:

"不行!不行!停下吧!"喊声也是非常明快、悠闲的语调。

"太弱了,根本不行!大家快出来!"接着她又喊道,"出来吧!"

"你是谁?"八郎一边警惕四周,生怕又有冷箭飞来,一边向女人靠近。因为他觉得待在女人身边反而安全。

"喂,快出来!"女人又嚷起来。

直到她与八郎的距离缩至两米,才朝八郎粗鲁地嚷道:"你说什么?"

然后退后两三步,又道:"站住,别过来!"

女人说话完全是男人的用词和语气,眼睛里充满敌意。

这女人正是自称"公主"的女子。她言语粗鲁却天生丽质,八郎暗暗吃惊。

"你为什么袭击在下?"

"哪有什么理由?"

"你是小偷。"

"小偷?别开玩笑,你看走眼了。"公主一边说,一边一点点往后退,"我以前偷过东西,现在金盆洗手了。"

"那为什么袭击我?"

"我想要马。你把马留在那里,我就放你一条生路。"

"咦?"八郎看着对方的脸。

"把马留下,我就饶了你。快留下马,立刻滚蛋!"

"果然是小偷啊。"

"我哪有偷东西!我不偷钱和刀!我只要马!"

"马不能给你。"八郎气定神闲地说。

公主接连退了五六步,朝身后喊道:"喂,大家快出来!"

于是,在五十米远的堤坝背后,五六个野武士打扮的男人现身了,然后聚在一起向这边靠近。

八郎小心翼翼地严阵以待。这群人都是野武士装束,走路方式也不像武士。

"你看,我们可有很多人。怎么样?把马留下赶紧消失才是明智之举。"她眼睛一瞪,恐吓八郎说。

八郎听着恐吓,也不吱声。慢慢逼近的野武士们一个个看起来不堪一击。

"你们抢马干什么?"八郎挺直身躯。

公主不回答,命令靠近的男人们:"少啰嗦,快动手!"

野武士们一起拔刀,远远地把八郎包围起来,但是谁也不敢贸然上前。

"上啊!"

公主发出命令,但是野武士们一个个动也不动。

八郎瞪着五个野武士说："再上前一步就砍死你！"又质问女人，"你抢马干什么？"

野武士们斗志全无。只是不情不愿地拔刀，根本没有摆出什么像样的架势。

"拖泥带水的。让你们上你们就上啊！不就一个毛头小子吗？"公主向周围的人吩咐完，就徒手上前欲拽住八郎。

八郎径直抓住女人的手一拧——这个间隙还踢飞了一个上前进攻的人——吼道："再动手就别怪我不客气了！"

"放开我！"女人叫嚷。

"嚷什么？"八郎把女人双臂拧到背后。

"你抢马干什么？"他又问了同样的话。

"好痛！放开我！你不放我怎么回答啊！"

可是八郎始终不松开女人的胳膊。他一边用力拧着一边说："再不说胳膊就断喽！"

女人发出惨叫："啊！"

"救救我！三藏！"这次是刺耳的尖叫声。

"你还知道疼？"

"救救我！三藏！"

八郎简直像揪着一个耍赖的孩子。

"三藏是谁？"八郎说。

公主充耳不闻，重复着同样的尖叫："救救我！三藏！"

八郎把公主的身体往前一推，女人就往前趔趄了四五米，摔了个嘴啃泥。倒下后还在喊："救救我！三藏！"

广阔的原野上回响着细细的透亮的声音。

这时，八郎扭头一看，身后一个野武士正欲跨上自己的马。与此同时，包围着八郎的野武士们瞬间作鸟兽散。

八郎意识到大事不妙，但为时已晚。马，只能忍痛割爱了。他跃到正要起身逃走的女人那里，揪住她后脑勺的头发，将她按倒在地。

"救救我！三藏！"女人再次大声疾呼。

骑上八郎坐骑的那个野武士，一溜烟似的朝北方的山峦跑去，眼看着消失在视线中。剩下的四个野武士也一起逃向那匹马跑去的方向。最后逃走的武士可能扛着刀，刀身在草丛中闪烁着光芒。

八郎恼怒不已。不过好歹劫持了能发号施令的女人作为人质，也算是一种安慰。八郎把右脚踩在俯伏的女人背上。女人依旧时不时地重复着刚才的话："救救我！三藏！"

"笨蛋！不管是三藏还是六藏，早就逃走了。我找回马之前，不会让你回去。小心我把你的双臂折断！"

然后女人说："我怕痛！"

"你敢把马拐走，就不该怕痛！"

"你敢对我很过分的话,我可是会跟三藏告状的!"

"你口口声声提到三藏,他到底是谁?"

"你不认识,那个人本领高强!就凭你,根本不是对手!"

"那他为什么逃了?"

"他怎么可能逃,他压根就没来。啊,真不甘心,要是那个人来了就好了!"

于是,她又好像想起那人一样:"救救我!三藏!"

还是那尖细又透亮的声音。八郎听了公主的叫声,倒有一种自己做了坏事的错觉。

"吵死了,安静点!"八郎说着,把脚从她背上挪开。

女人一重获自由,立刻直起身,掸了掸和服下摆,用充满敌意的眼光斜睨着八郎:"记住!你太过分了!"简直是恩将仇报。

"到底是谁过分?你不要起逃跑的念头,否则我就宰了你!"

"我不会逃的。"女人哂笑着,坐到地上,似乎放弃了逃跑。

女人双手抱着双膝,不时叫嚷:"救救我!三藏!"最初悲痛的尖叫声渐渐变成了撒娇的声音。

前面平原还有两三里地，八郎想，没有马的话无法穿越这个平原，而且徒步去野田城很没面子，对今后发展不利。此时应该抬高自己身价。而且，如果不夺回这匹马的话，无论如何都无法平息心中的怒火。于是他决定，哪怕迟到一时半会，也要把马夺回来。

"救救我！三藏！"女人口中不时蹦出几声惨叫，现在已经完全变成了撒娇。

"别叫了！"

"那不行，我可是吃了这么大的苦头呢！"

"别叫了！你要是再发出怪叫，我就不客气了，当真折断你手臂！"

女人像是被八郎的话刺激到了，又嚷起来："救救我！三藏！"

尖细的声音穿过广袤的原野。八郎觉得自己真是擒了个麻烦无比的人。

"走，带我去找偷马的那帮人吧！"

"没关系的。"

"什么没关系？"

"我在这里的话，大家都会来救我的。好了，就在这里等吧。"女人自负地说。

"三藏也一定会来的。我毕竟是想把马给他的。"

听到这里,八郎说:"你想送马?给一个叫三藏的?"

然后,八郎和女人面对面坐在地上。

"是啊,那个人太不擅长走路了。没有马的话,根本走不了。他块头很大,但是脚特别小,而且足弓塌陷。足弓塌陷,倒是很符合那个人的性格。不过他武艺可高强了,你根本不是对手。肯定被他一枪刺中,挑起来。"

她陶醉了好大一会儿,又自顾自地做出暧昧的动作:"救救我!三藏!"

她两手向前伸,俨然迎接前来救助的男子的样子。

"这姿势成何体统?"

"让三藏抱我。"

"白痴!"

八郎已经无法憎恨这个女人了。虽然是个无知、野性的女人,却有一种笨拙的、有女人味的东西,不加修饰地洋溢在娇小的身体里。

过了将近一刻也没有人来。

"这不一个都没来吗?"

"没关系!三藏一定去了哪里。他一定很快就会来的。"

女人好像也等得不耐烦了,打了两三个小小的哈欠,突然说:"抱抱我!"

她倚到八郎身上,"你可别对三藏说噢。我特别迷恋他。"

公主将上半身伏到八郎膝盖上,"抱抱我!抱抱我!"

她就这样接连不断地重复着,不久把脸放在八郎膝盖上,偷偷地用柔媚的目光仰望八郎。

八郎对女人突如其来的求爱感到莫名其妙。

"我可不上你的当,笨蛋!"八郎说着把对方的身体推开了,"别乱来!甭想用美人计来逃跑!"

于是,公主稍微起身,"你抱我的话,我就把马还给你。好冷啊,抱着我吧!如果你不答应我的话,马就永远不还给你。"

按照公主的逻辑,仿佛八郎和公主的立场发生了逆转,公主俨然占了上风。

公主的手放在八郎胸口上。她手腕很纤细,但八郎感到几根手指放在肩和胸上那股执着的力量。

"烦死了!"

八郎甩开两条纤细的手腕站了起来。这次公主又用双手缠绕住了八郎的双腿,说道:"不快点的话,三藏可就来了。"

"真是龌龊,快滚开!"

"假清高!"

"哼!"八郎使劲拔出被女人抱着的双脚,一脚踢中女人的肩膀。女人没有惧怕，紧紧抱住另一只脚。

"你不明白，真傻。"公主这样说道。突然，她"啪"的一下放开八郎的脚："哎呀，说不定是他来了。"

她坐在地上，端正坐姿，望向原野一角。

"什么呀，是风声啊，那人真慢啊！害我吃了这么大的苦头！"

然后，她又像是重新考虑好了似的，紧紧抱住八郎的脚，"抱抱我！"

八郎杵在那儿再也不开口了。不知何时，令人毛骨悚然的血色夕阳西落，早春的落日余晖像烟霭一样飘浮在广阔的原野上。

八郎像岩石一样站立着，任由双脚被公主用双臂箍紧。

真是诡异的一天。他被抢了马，现在双脚还被一个女人抱着不松手！

或许是不想放八郎走，公主虽不再强求他的爱抚，但还是用脸颊磨蹭着八郎的脚。

渐渐昏暗下来的原野上传来一阵马蹄声。

与此同时，公主撒娇似的尖叫声再次在八郎脚下响起："救救我！三藏！"

"哼，我可受不了你这样的家伙！三藏来了嘛。"

话音刚落，八郎顿感被箍紧的双腿自由了。

很快马蹄声越来越大。

那是一种高超的骑马转圈方式。以八郎和女人为中心，马画了一个大圆圈。

"三藏！"

女人径直离开八郎，向马奔去，中途她又停了下来，身体沿着马驰的方向慢悠悠地转起圈来。

马的圆周运动向八郎所在的中心挤压过来。八郎明显地感觉到，这个家伙和刚才的野武士们不同，是个相当厉害的角色。

马在离八郎近十米的地方猛然停了下来。

"来吧！"八郎说。

夜幕笼罩四周，八郎看不清对方的样子。只见长枪的尖端不偏不倚地冲着这边，对方却一言不发。

"你来得太晚了，三藏！你不知道我受了多少苦。"

女人娇媚的声音不停地回荡。

"你受什么苦了？"

这是一种压抑而粗犷的声音。八郎觉得这个声音似曾相识。

"你竟然问什么苦？不过，总算过去了，你来了就好。"

"什么苦？"又是粗犷的声音。

"啊,你是担心我吗?还是介意?"女人立刻扑了上去。

她娇气的声音与三藏"危险!快让开!"的声音瞬间缠绕在一起,又回归了安静。

八郎持刀后退了两三步。夜色中,三藏的枪尖自下而上渐渐升起。

八郎也拔出刀,压上对方的长枪。

"俵三藏!"这时八郎脱口而出叫了起来。同时,对方也像抽筋一样颤抖着把长枪收了回去。

"三藏!俵三藏!"八郎确认自己的眼睛没有花。

"真是奇怪啊。我以为你已经战死了,没想到你安然无恙!"

听到八郎的话,对方嘴里也嘀咕着什么,但是八郎听不懂。

"你现在到底怎么样?"

同样,对方又嘀咕了一会儿,但是八郎没听懂。

"他现在做什么关你屁事。我不准你说些奇怪的话来勾起他的思乡之情。"女人说。

然后俵三藏口中第一次说出了囫囵话:"我被这个女人救了,所以才……如果你有什么不满的话,我跟你没完。"

三藏愤愤地低声说着这些对八郎来讲不可理喻的话。

"我没什么好批评你的,你成为野武士也好啊。每个人都可以自由地选择自己喜欢的道路。我现在就选择了投靠武田阵营。"八郎说道。

他观察着对方的态度。因为他觉得,一根筋的三藏知道自己投敌后,说不定会刀戈相向。

果然,三藏用压低的声音说:"我讨厌武田!"

"我从小就讨厌武田。我所在的村子好几次都被他们糟蹋了。我亲眼目睹着这些长大的。"

"我只是投靠了胜利的一方。"八郎直截了当地说。有点自虐的心情涌起。

"胜利的一方?"

"是的。不久武田信玄就会号令天下了吧。"虽然对方沉默不语,但八郎清晰地觉察到一股愤怒涌上三藏心头。

突然,俵三藏小声嘟囔着。

"你要好好珍惜美雪!我对她说你已经战死了,我那时是真的那么以为,不是故意说谎。你替我转达。——我回去了。"

刚说完,黑影开始移动。俵三藏离开了。

"回去?那马怎么办?"只听公主说。

"等等……"八郎说。

但是三藏没有理睬。

"那马怎么办？"女人的声音渐渐变小。

八郎独自伫立在黑暗的原野上，抚摸着失而复得的马，敲了两三下马头，跨了上去。骑马的话，只消一个时辰就能到达野田城。

八郎一边策马奔腾，一边感觉自己的内心匪夷所思。很快他就发现自己的感情与刚才俵三藏提到的美雪相关。

对于现在的左近八郎来说，美雪的面容已经模糊。然后，八郎反射性地想起了劝自己"站在胜利一方"的安良里那双一直盯着自己的狭长的眼睛，不禁浑身战栗。

由于耽搁了半天，八郎告别三藏后，一鼓作气向着野田城疾驰。

过了黄昏时分，田野上反而飘着隐约的光亮。低矮的丘陵像波浪一样起伏，马儿一会儿上坡一会儿下坡。

在距离野田城还有半里左右的地方，八郎看到前方有几个人影。也许又是一群野武士。八郎觉得很麻烦，就拨转马头向西南驰去。不久，八郎就觉察出后面有两匹马在追赶自己。

八郎把马停下后，尾随者立刻赶上前来。

"你是谁？要去何处？"一个粗暴的声音响起。

"我要去野田城。我是山县部队的左近八郎。"

"从哪里来的？"

"我不能说，我带着特殊使命。"

于是，对方沉默了一会儿，突然大喝一声"山！"八郎想起两个月前在野田城安良里的部下教过的暗号，低声回答："火。"

"您执行任务辛苦了。"这次对方换了一副郑重其事的口吻。

八郎又扬鞭奔跑。马上就要到村落了，到处可见农家的灯火。

突然，路边的树荫底下又传来了声音："山！"

"火！"八郎在马背上喊道。

从那里开始，到处遍布放哨的武士。八郎往往在意想不到的地方被人盘问，经常是只闻其声，不见其人。对方一提"山"，他就回答"火"，一提"风"他就回答"林"。

八郎最后一次被盘问是他穿过一个小部落、到达山边的道路上的时候。这次没有对暗号。

"你从哪里来？"

"这不能说，我是拥有特殊使命的人。"

"请报姓名！"

"左近八郎。"

于是，路旁出现了一个人影，只说了一个词："安良里大人的——"

"对。"

"请弃马而行。我带您去。"

闻言,八郎翻身下马,把马弃之不顾,跟着那位完全无法判断年轻还是年老的武士走了。

八郎被带到一家有土墙围着的宽敞农舍。武士进入那敞亮的土间后,八郎等在那里。

武士出去后过了半个时辰左右,又一位武士走了进来,"安良里大人很快就来。"说完又出门了。

在那之后又过了半个时辰,安良里才到。门外能听到好几个人的声音,但只有安良里一人进入土间。由于伸手不见五指,八郎看不见安良里的脸,但能听到声音:

"左近八郎,辛苦了。"确实是安良里的声音。

八郎在土间双膝跪地,声音颤抖,"我查到了野田新城的位置,非常确凿。"

然后,对方抛出一句:"不过是一两个敌人城砦,建在哪里都无所谓!不过作为奖赏,我给你部下的人数翻番。你在德川那里有多少部下?"

"五个骑马武士,三十个足轻。"

"那么,现在给你十个骑马武士,六十个足轻,可以吗?

我去拜托山县，在此基础上再翻番怎么样？"

"诶？"八郎在黑暗中抬起头。

八郎凝视着眼前的黑暗。只有他注视的部分与周围相比暗度有着微妙的变化。在八郎眼中，面前的漆黑有时像紫色，有时像朱红色。八郎陶醉在眼前的黑暗中。

"怎么样？你再承担一个任务，让部下的数量翻番怎么样？"没错，听起来是安良里的声音。

"什么任务？"

"是啊，什么都可以——"

短暂的沉默持续了一段时间，然后她用多少有些顾忌周围的声音：

"请向法性院（信玄）大人提议从德川手中夺回长筱城——"

八郎扬起脸，等着下面的话。

"你就这样转告法性院大人：德川、织田联合起来，要在这一个月或一个半月之间发兵攻打长筱城。紧要的是尽快做好应对措施。"

"事实上真有这样的举动吗？"八郎反问。

"你真傻。"

接着，八郎似乎听到了安良里的笑声，不过也许是他的心理作用。

"这应该是你亲眼所见。不能说你没看见。"

"是!"八郎模棱两可地回答。

据他看来,德川阵营根本没有任何攻打长筱城的动向。相反,德川各阵营都蔓延着惧怕武田军再次南下的气氛。安良里的话与八郎所见完全相反。

"敌人最迟在六月初行动,七月中旬左右敌军可能会包围长筱城。"

"是!"

"我不是在跟你说,是让你练习你需要对法性院大人说的话。"

"是!"

"那么,说说看。"

"德川、织田两军联合起来,准备发兵攻打长筱城。敌人最迟将于六月上旬行动,七月中旬完成包围长筱城的布阵。要尽早做好应对准备。"

"好,这样很好。——我告诉你,在向法性院大人谏言之前,千万不要告诉别人。"

"是。"

"这样的话,你的部下七月份会翻一番,甚至可能翻三番。"

"后来事实证明我的谏言为虚的话——"

"你担心吗？"她又说，"等谏言证实为虚时再说。但是，如果谏言转述有误的话，你就要掉脑袋了。"

眼前漆黑的墙裂成两半，朱红色的箭飞驰而过。似乎又是心理作用，八郎听到了安良里的笑声。

"你怕死吗？"安良里问。

"不怕死。"八郎斩钉截铁地回答。

"为了让部下多出几倍，就必须赌上一两条性命。——试试吧！我会花大力气来帮你接触上法性院大人。"

然后这次黑暗真的移动起来，"今晚好好休息。"

"请问，"八郎向即将离去的安良里开口道，"出于何种理由——"

对方没有立刻回答，过了一会儿说："你说！"

"出于何种理由，您对不过一介俘虏的我如此重用？"八郎大胆地问。

这是他第一次在野田城深处的中庭里见到安良里以来就有的疑问。

"闭嘴！"

"是！"

"不准僭越！"安良里严厉地说，"退下！"

"是!"

"我让你退下,你就退下!"安良里的语调已是愤怒到颤抖。

八郎不得已,低头后退了两三步。

"你太狂傲了!"

"是!"

"还是太狂傲了!"

八郎使劲垂首,鼻子几乎贴到地面。一个东西顶上了八郎下巴。是刀鞘。八郎下巴被迫抬起。八郎没有违逆地抬起头。

"臭小子!"

话音未落,八郎的额头被猛烈敲击。啪啪!刀鞘在他额头上连续响了两声。

"我警告你,不要忘记你的身份!只消我一句话,就能让你立马丧命。我青睐你还是不青睐你,都是我的自由。你只须遵从命令就可以了。今后不许无礼!"

安良里出去了。八郎很长一段时间都没敢转动身子,好像她随时都会过来说"太狂傲了!"

良久,八郎用手一摸额头,额头肿了。不可思议的是,他并没有感到愤怒。即使受到猛烈的敲击,他也觉得理所当然。

然而，即便如此，他心中仍然留有疑问。安良里公主到底是谁？她究竟对自己有什么想法？

"我带您去哨所。"

八郎闻言从土间站了起来。

第二天，八郎在哨所醒来。所谓哨所，也不过是城下的一家民房。

与昨日不同的是，阳光中洋溢着春天的气息。柔和的阳光洒落在冰冻的、蓬松的黑土上。庭院后面流淌着一条小河，河柳的枝条遮盖在水面上，水的颜色也完全带着春天的柔和。

八郎在院子里转了一圈，在廊子上坐了一会儿，享受着久违的闲适时光。

沐浴在阳光下，就有一种战争已经停止的错觉。他心里清楚，昨夜与安良里约定的对信玄的谏言内容，是严重脱离现实的。近两三个月内，长筱城被德川和织田联军包围的可能性非常低。如果长筱城被包围的话，那么在那之前，现在自己所在的野田的城下和野田城都必然落入德川织田联军的手中。

果真会发生那样的事吗？三方原之战以来，武田精锐之师名扬天下。守护野田城的是山县昌景的部队，在武田军中以精悍无比的骑兵而闻名。

山县部队显然不可能在这短短时间内放弃这座城。左近八郎对自己必须向信玄献言的内容感到轻微的不安。

中午一点,八郎被前来传话的年轻武士带去了野田城。其间他们穿过了两道城门,其中一道是自己被捆绑押送时所经过的门。当时他以为自己不可能生还,抱着必死的准备。

八郎被带到上次被押送到的那个幽深庭院。那晚篝火熊熊燃烧,城池刚刚沦陷,周围弥漫着凄惨的气氛,而如今这里静静地洒落着春天的阳光。

廊子上坐着几个武士。到了他们面前,八郎坐在地上低头行礼。他以为坐在正面的人是山县昌景,可当他听到一位年老武士的话,马上明白自己判断错误。

"左近八郎为我们寻找到野田新城的位置,真是劳苦功高。虽然大人现在不在,但不久就会回城。我想他一定赞赏你这次的工作。"

"是!"

八郎行了礼,慢慢抬起头来。他猛然发现安良里坐在一群人的右端,大吃一惊。

只听安良里严肃地说:"总有一天会举行升迁仪式,今后也请把生死置之度外,全心效忠!"

"是!"八郎又轻轻地垂首。

对方紧接着说:"话说回来,你额头上的伤是怎么回事?"

八郎抬起头,不由自主地朝安良里望去。昨天晚上被她用刀鞘击伤了。

安良里却面不改色,留给八郎一个恬静的侧脸。然后又把脸转向八郎:"你额头上的伤怎么回事?"安良里冷淡地重复了同样的问话。

"这个伤口是——"八郎刚要说,马上把话咽了下去。

"很漂亮的正面伤口。"安良里孤零零地抛出一句,然后说,"你不愿回答吗?如果不愿意的话,我就不勉强了。"

然后安良里轻轻笑了起来,扬长而去。八郎感到,安良里离开座位的时候,向自己这边一瞥。她的微微一笑,像恶作剧般从细长的眼眶,飘荡到两片小小花瓣般的嘴角,然后立刻消失了。

这时,八郎感到了自己出生以来从未经历过的甘美的陶醉,如同闪电一般在全身上下穿梭。既不是战战兢兢,也不是酩酊大醉,而是甘美如酒。

他身体在摇晃!

实际上,左近八郎是这么想的。一种像毒药一样的东西让他全身麻木,一种甜美的东西在他清醒的心灵内部摇晃着。

当八郎深深呼出一口气的时候,安良里公主已消失在他的视野中。

"有什么特别希望的官职吗?如果有的话,请尽管提,不要客气。"老武士的声音在头顶响起。

"没什么特别想要的。"

八郎好不容易才说出口。在看不到安良里身影的世界里,八郎回复一句都似乎要经历极长的时间。还能期望什么呢?他一无所求。如果有什么希望的话,他想再一次把他现在所尝到的陶醉展现给自己的家人。

八郎离开了庭院。春天和煦的阳光洒落在外面的泥土上。他脚踩着泥土,沿石垒向望楼走去。

风

四月十四日或十五日黄昏，紧急传信使捎来了本营的指示，要求美浓尾张统领的各个城砦全部进入备战状态。

因此，各城砦自然迅速呈现紧张局面，长筱城、野田城也不例外。每天，从野田到长筱的街道上避难的人群络绎不绝。人们从长筱的城下继续向北转移。据说织田德川联军马上就要逼近了。

在北逃人群的缝隙中，全副武装的骑兵南北穿梭，不敢松懈。

但是，什么都没有发生。

樱花比往年迟了十天左右盛开，交战的传闻也渐渐平息，从城下撤退的町人和农民们也开始陆续返回。与从前相反，在同一条街道上接连几天都有南归的人群络绎不绝。

樱花凋谢了。这一年（元龟四年）的春天就在交战的谣言中匆匆流逝。到了五月，近一个月来笼罩在长筱城武士们脸上的焦虑已经消散。虽然"今晚有交战的消息"仍然会一天之内多次自上而下传达，但是一般武士们已经不太相信了。

"打仗，打仗，根本就没打啊!"

"你稍微认真考虑一下，就会觉得很奇怪。在三方原，我们大获全胜，敌人不可能向我们发起战争。"

这样的对话随处可闻。但是，不久武士之间的对话就变了味。

"听说法性院大人早已撒手人寰。"

"怎么可能?"

"听说野田之战的时候，大人胸口被枪弹击中了。"

"我绝不相信。谁都会死，但武田军的总帅不会死。"这样的对话在城内和城下到处都悄悄流传。

"这可是有证据的，上京都的军队在野田交战之后不就戛然而止了吗?"

"野田之战后，还在凤来寺摆过阵啊。"

"只是摆阵，一枪都没放就撤退了。按照法性院大人的脾气，这些都是无法想象的。"

到处都有随意揣测。最初是在一部分下级武士间偷偷散播，逐渐扩展到全军。武士们每次聚集，都会展开"信玄已归天"和"信玄尚健在"的辩论。

由于近期捕风捉影散播谣言的人太多，便有告示张贴在哨所和检查站等武士们聚集的地方：

"一经查明就判处斩刑。"

"人死了，也没办法啊！"一个武士说。

刚说完，他就被几个武士包围了。说话的人是山名鬼头太。

他那双与生俱来的大眼睛狠狠地瞪了一眼，"人死了，也没办法啊！"

他反驳着周围陌生的武士们。现在长筱城内，形形色色的部队涌入，反而一直驻守在此的长筱城主菅沼正贞的部下被他国的武士们压了一头，存在感不强。

"你这家伙竟然说这种混账话！"一个瘦长脸的武士用恶狠狠的目光盯着他，"你没看见这张告示吗？"

"怎么可能没看见，我都看过了。"

"既然看过了，那为何那样说？"

"管你们什么事？我想说就说。"

身份最高的那人颐指气使地说："把这家伙马上绑起来带走！"

一声令下，五六个武士一齐抓住了鬼头太。鬼头太猛然将其中一人扑倒在地，但同时被好几个人压在底下。最下面的那个武士发出惨叫。

"痛，好痛！放开我，放开我！别咬我！"鬼头太好像咬住了被压在最底层的武士的某个地方。

"太不像话了，快给我住手！"

斗得正酣之际，一个女人的声音传来。鬼头太顿时感觉身体变得自由了。但是，他并没有收手。

"好痛！放开我，放开我！"最底层武士的惨叫声还在持续。

"我说住手，就都住手！"声音很温柔，但很有威严。

鬼头太听罢才中止格斗站了起来。

"你们怎么回事？这是要自相残杀吗？"

鬼头太对说话的女人有印象。他眼前浮现出一幅景象，在野田城内的大院里，篝火照亮了女人凄美绝伦的脸。不过，今日的安良里沐浴在初夏明媚的阳光下，稳健地跨在马背上。

"这就是到处散布法性院大人去世流言的家伙。"那位武士说。

"为什么？"安良里从马上把视线落到鬼头太身上。

"刚才他也在看这张告示——"

"他说了什么？"

"他说人死了就无济于事了！在告示前说这么大逆不道的话——"

噗哧一声，安良里口角露笑，但转瞬即逝。

"你真的那么说了吗？"安良里把疑问抛给鬼头太。

"我不记得我说过。"鬼头太谨慎地回答。

"这家伙在撒谎。"

"我没说，所以我说我没说。"

"你要是说了的话也无所谓。不过脑袋搬家而已！"安良里说完就翻身下马。

她把缰绳交给身旁的武士，走近鬼头太，"你真的说了吗？"

"我没说。"

"你想对我撒谎吗？"

鬼头太被安良里盯得发毛，身体开始不由自主地微微摇晃。

"说说看！"

"我说了。"

鬼头太心想，这下子脑袋是保不住了。安良里听后果然说道："大逆不道！"

然后她呼吸一滞，对武士们说："这个人我带走了。辛苦了。"

"跟我来！"她给鬼头太撂下一句话，又跨上了马。骑马的姿势非常帅气，根本不像一个女人。

鬼头太虽然知道自己惹上了麻烦，却也无可奈何，只能在马旁跟了上去。

"你为什么说这种蠢话？有些话可说，有些话不可说。比如法性院大人去世之类的！"

"我又没有说很多次……"

"屡次三番地说和只说一次都是一样的！我问你，你到底是从哪里听说的？"

"不知道。"

"是你说的吧？"

"我觉得不仅仅是我。"

鬼头太想，如果全赖我一个人的话，就太亏了。虽然现在流言肆虐的一半责任要归咎于自己，但并不是全部。

"那么，你是从何得知那样的消息的呢？但凡说了，肯定有什么依据吧？不要隐匿，快快坦白！"

其实他也没有什么特别的依据。

"只是我自己这么想而已。"

"你为什么这么想？"

"我用石头占卜的话，总是会出现'去世'。"

"石头占卜？"马突然停下。

"石头占卜，你现在就可以做吗？如果可以的话，演示给我看。"

鬼头太从随身携带的印笼①里拿出那块小石子,"露出正面就是生,露出反面就是死!"

"等等!"说着,安良里从马上下来,观察着鬼头太手掌上的石头。然后她像确认一样,低声重复着鬼头太的话:"反面就是死。"

"如果是反面,能免我不死吗?"鬼头太不敢疏忽大意。

"一码归一码。别磨磨唧唧的,快点!"

鬼头太将手掌伸到安良里面前,在手掌上摇晃着石头,一会儿就紧紧握住,然后打开。是反面!

"果然去世了!"鬼头太情不自禁地说道,可脸上立刻挨了一巴掌。

"说话注意点!"

鬼头太虽然被赏了一记耳光,却仍是盯着安良里的脸。她那双美丽细长的眼睛仿佛入了神似的眺望着远方的半空中,嘴角的肌肉微微上扬。

"法性院大人去世了!"

安良里让鬼头太谨慎说话,自己却低声重复着同样的话。她仰望天空的眼睛再次落到鬼头太脸上。

---

① 印笼,男子挂在腰上随身携带的小型容器。——译者注

"你相信这块石头的占卜结果吗?"

鬼头太不知该如何回答才好,犹豫着沉默了一会,小心翼翼地回答:"我是相信的。"

"总是灵验吗?"

"从未失灵过。"

"那你再试一次!"

鬼头太又握住石头,张开了手掌。石头又显出背面。

"去世了!果然如此。"

虽然鬼头太不知道她说的"果然如此"到底是什么意思,但他看到安良里脸上像刚才一样,残忍的阴影一掠而过。

"那么,我父亲他老人家是活着还是去世了?"

鬼头太又摇了摇石头。露出了背面。

"他老人家去世了是吧?"

"对。"

"我母亲呢?"

这回又露出了反面。

"没错,我母亲也去世了。"

"我哥哥呢?"

又是反面。

"妹妹是生是死?"

又是反面。

"那我呢?"

鬼头太看了看安良里的脸。

"真要占卜吗?"

"没关系的,试试看。"

这回露出了正面。

"是的。全对了。我家现在只有我一个人还活着。只有我一个人!"

鬼头太不由得向后退了两三步。因为安良里双眼凝视一点,面色狰狞。

"我一个人!"

安良里一说,鬼头太又往后退。她那张生动美丽的脸变得像能面一般冰冷坚硬。

"没错,现在我家里只有我一个人活着!其他人全死了。"

"哦。"鬼头太轻轻附和了一句,这次不是退后,而是转到旁边。

安良里突然眉毛一扬,"你叫什么名字?"

"我叫山名鬼头太。"

"这名字我记下了。鬼头太,再占卜一次。"

"是!"

"武田家是繁荣还是灭亡?"

"咦?"鬼头太不禁叫出声来。

"你非要占卜这个吗?"

"是的。如果出现奇怪的答案我可不答应。"

"这,这可不行……"

"没关系。让你摇石头你就摇。"

山名鬼头太按照她的吩咐,挥了一会儿石头又在手掌里握住,手微微颤抖着。

他用颤抖的手握住石头,却不想张开手掌。

"打开看看!如果出现奇怪答案的话,我可不答应——"安良里狭长的眼睛一眨不眨,望着鬼头太的手。

鬼头太厌烦了。

"不管怎么说,占卜不一定准的。"

"不用找借口。——武田一门是繁荣还是灭亡?"安良里声色俱厉。

"那我打开喽。"

鬼头太索性张开了手。露出的是反面。鬼头太吓得浑身一个激灵,后退几步,占卜出了大事!武田要灭亡!

"反面露出来了呢!"安良里目不转睛地走近鬼头太。

"刚才确实是反面露出来了吧?"她又说。

鬼头太觉得事情很棘手。如果"法性院大人去世"是斩头罪的话,那么"武田一门灭亡"就该被处以磔刑①吧。

"也无所谓正反面。"鬼头太故意说得模棱两可,想糊弄过去。

"闭嘴,不许跟我打马虎眼。说清楚!"

"是!"

"我没看清楚。是正面还是反面呢?"

看到安良里不依不饶,鬼头太就像被逼入绝境的老鼠一样说道:"是反面。"

就在这时,安良里的笑声响彻四周。

"反面?哈哈,真可笑啊!真的是反面吗?"

"是!"

"既然露出了反面——"

"是。"

"武田一门会灭亡,会走向死亡!"她说完又笑了一会儿。

笑声戛然而止,"山名鬼头太你这家伙,说些大逆不道的话不可原谅,武田一门现今如日中天——"语调和表情简直像换了一个人。

"再也不许玩这种小儿科的游戏了。扔掉石头赶紧

---

① 磔刑,类似钉十字架的刑罚,把犯人双手双脚绑在木柱上,用长枪刺死。——译者注

回去！"

鬼头太先是心里咯噔一下，但一听说她让自己赶紧回去，顿时松了一口气。他想趁着女人还没改变主意，得抓紧时间逃走，便把刚才手中牢牢握住的占卜石扔到地上。反正之后再回来捡就好了。

"我回去了。"

鬼头太行礼后离开了安良里。慢慢走了七八米，然后加快脚步，跑了近二十米。

走了很长一段路程后回头一看，安良里的骑马姿态在郁郁葱葱的树林中已经很是渺小。鬼头太等安良里离开之后，才回去捡石头。石头滚落在路旁草窝里。

安良里没有进入长筱城内，而是在有海部落附近翻身下马，穿过了架在泷川上的土桥。

桥分成三段架设，连接着河中的石头。安良里为了不让马踩空，慢慢地站在马的前头走在桥上。

泷川环绕长筱城的南部和西部，水势激烈，是名副其实的湍流。这条河与紧靠城东的大野川两河交汇，形成丰川。正是由于这两条河，长筱城作为坚固的城堡要塞而远近闻名。

但是，如今在安良里眼中，位于东部的长筱城像玩具一样渺小。她认为它不是武田和织田争夺的重要城池。它虽然现在属于武田阵营，但毫无疑问，德川方面对其垂涎三尺，志在必得。

安良里很了解她正在渡过的泷川的河道宽度和水深。上游的融雪使水量大幅增加。过了河，道路沿着阶梯，起起伏伏向北方延伸。而阶梯极度凹凸不平，正是当地原野的特征。

不时，安良里和两三个武士擦肩而过，武士们都会鞠躬给安良里让路。安良里虽然不认识他们，但是武士们却好像把她视为武田方面有身份的女性。肯定是某日某处至少与她有过一面之缘的人。

"但是——"安良里一边睥睨着在路旁让路的武士们，一边心中这样想。

"但是，你们不知道我是谁。你们不知道我在想什么，在做什么。如果你们知道的话，说说看啊。"

此时安良里的那张脸看起来冷峻高傲，带着一种令人难以接近的美，给人以压迫感。她与最后一群武士擦肩而过时，心想："武田一门是繁荣还是灭亡？"刚才在手掌中挥舞着石头的鬼头太那双特征鲜明的大眼睛浮现在安良里的眼前。

"刚才真应该杀了他！"

这件事在她心中结成了小疙瘩。既然让他占卜了那些事，也许就不应该让他活下去。话虽如此，石头占卜不也清楚地说武田一门会灭亡吗？当然这是下等人的石头占卜，不足为信。但是，占卜出这个结果还是比没占卜出来好！

安良里不由得环视了四周。因为自己的想法是不能被别人察觉的秘密。当她知道在碧空万里的原野上空无一人的时候，第一次从嘴里吐露出了这个想法：

"就算别人不去灭它，我也要去灭了它！"

可就在下一瞬间，仿佛神也很难窥探她的真心，安良里的身体折叠成两截，伏在如离弦之箭般疾驰的马背上。

之后，道路换成了大野川沿岸的道路。大野川和泷川一样，水位很高。安良里驱马向前，不时注视着幽深的大野川水流。

在河的对岸，有几座虽不是很高但很陡峭的小丘陵，像久间山、中山、鸢巢山、君伏户等。满山遍野灌木的新绿一下子萌发出来。

安良里下马，停在了君伏户对面另一条河流几乎直角流入大野川的地方。然后，她手牵缰绳，沿着灌木丛生的小路向山上走去。这里人迹罕至。从那里再爬两丁左右，就能看到一扇小小的山门。

一进院内，树木茂盛，凉飕飕的山气沁到安良里的皮肤上。安良里选了一棵粗细合适的树，把坐骑的缰绳系上。

这时，一位七十岁左右的老僧出来了。一看他健壮的骨骼和毫无破绽的走路方式，就知道他是武人出身。

"欢迎。好久没来了，我一直很挂念，您身体康健比什么都好。"

"左治平你也是，身体康健太好了。"安良里对他比对任何人都尊敬。

"今天，我想请您为大家奉上供物。"

"可以。我想以老爷为首的诸位一定很高兴吧。今天就只为这个来的吗？"

左治平素来面色平静，唯独这时目光犀利。他带着探究的眼光盯着安良里。

"不仅如此。"安良里伏下眼，果断清楚地说。

"我猜也是。如果您没有别的事，一定不会来这里的。"

"也不是。"

"不可能不是。"

"好吧。"安良里眼睛含笑，"其实，一个叫左近八郎的武士今天傍晚会来这里。我想见他。他是去调查信玄是否已经死亡的。他应该会回来的。"

"信玄怎么会……"

"你肯定那么想吧？但是，我总有那种感觉。也有流言蜚语。从本营发出的指令也有些莫名其妙、无法理解的地方。"

"原来如此，信玄既然是有生命的人，也不一定不会死，如果他命数已尽的话……只是您打听这个做什么？"

"你应该知道。"

"您还没醒悟吗？"

她不管这些，继续说道："有了信玄才有武田，如果信玄已亡的话，武田就不足为惧了。"

"我很清楚您对武田一门怀有怨恨。我左治平也一刻不敢忘记。正是由于武田，城堡陷落，全家战死。一想到那天的事，我就觉得肝肠寸断。但是，要说恨就是恨，要说不恨，就不恨。这个时代，胜败乃兵家常事……"左治平平静地说。

"我明白。但是，我无论如何也做不到像你这样大彻大悟。"安良里也静静地说，似乎被左治平平静的语调所吸引。

"不只您。我也失去了妻子和三个孩子，乃至整个家族。我是为了老爷而失去的。痛苦的心情是一样的。"

安良里一直觉得左治平的脸很美。生活在战国时代的人，没有其他人会有这样安宁的神情。这是一张抛弃了武士之身的男人的脸。一张抛弃武士之身的同时也抛弃了世间恩怨的男人的脸。

"公主您孤身一人能做些什么呢？更别提灭亡武田一门了。就算任何人都不施加力量，武田到了该灭亡的时候也会灭亡。您一介女流之辈，伪装身份潜入武田一方，——总有一天会丧命的。"他大概是忌惮周围有人，最后半句只是在嘴里咕哝着。

"到底是否能让他灭亡，左治平等着瞧吧。"

"我并不想看。"

"我觉得左治平的生存方式也没问题。但是，那是在你尝试过所有事情后，最终到达的心境吧。我还年轻。我要按照自己的活法活下去。我要做自己想做的事。即使因此舍弃生命也不后悔。"

"老爷就是这样的脾气。如果您像夫人就好了——"

"那样的话，就全凭左治平做主了吧？也许我早被削发为尼了。"安良里微微一笑。

"不管怎样，请让我去扫墓吧。"

左治平听从安良里的话，在神社内率先向右手边走去。从竹林旁边的缓坡下去，来到了被风吹日晒的宽阔墓地。

在一个角落里，有一片用嫩杉树圈出的墓地。打扫得干干净净，也没有杂草。有十几个馒头状的土包，土包上面放着小石子。除左治平和安良里二人外，无人知道这些石头下埋着谁的尸骨。

安良里朝最右边的坟墓磕头。这是安良里父亲榊山正监的坟墓。背后传来左治平的诵经声。在诵经声的反衬下，周围更显得出奇的安静。

安良里依次去几个坟墓前磕头。安良里的这副模样与平日的她完全不同，很文静。那不是因为她在一族的墓前磕头，而是因为左治平那双洞察万事的眼睛正从背后盯着她。

安良里在正殿旁边的小会客室里，喝了左治平沏的茶。

"如果一个叫左近八郎的武士来了，就把他引进来。"

"知道了。您可能要嫌我啰嗦，但请您不要再玩危险的游戏了。"

"我明白。"

"一点也看不出您明白的样子。希望您能尽早退回安全之地。如果您一旦身份暴露的话——"

"不会暴露的。"

"即使面对身份低贱、微不足道的人，也断不能疏忽大意。"

左治平言下之意是让她留心奉命到访的左近八郎。

但是，这时安良里眼睛里却浮现出山名鬼头太的脸。左近八郎那边没什么好担心的，他做梦也不会想到自己是德川方面的间谍。然而，山名鬼头太这个不知底细的下级武士却能占卜武田一门的未来，反倒应该引起警惕。但是，那也有很多种解决办法。杀掉就可以了。命令左近八郎找出那个武士杀掉就行了！

饭菜很简单，不过是左治平亲手端来的。于是安良里把饭菜吃了个底朝天。她平时碰上不喜欢的东西根本不会动筷子，但是在左治平面前，必须克制自己的任性。

"合您的口味吗？"

"很美味。"

正说话的时候，山门附近隐约听到了马的嘶叫声。安良里望向院子。不知何时太阳已经完全落山了。

左治平站起来去了院子里，又转身回来报告说："年轻武士来了。"

"让他进来。"

"明白了。"

不久，左近八郎出现了。左治平没再露面。

八郎打开隔扇，两手着地，"在下回来了。"说完抬起了头。

安良里吓了一跳，因为年轻武士的脸显得异常疲劳。

"你居然完全按照我们的约定赶回来了啊？"

"因为您是这样命令的。我昼夜兼程赶回来的。累死了两匹马。"

"你没有休息吗?"

"是的。"

"昨天晚上住在哪里?"

"没住宿。"

"露宿?"

"没有,我让马跑到了极限。"

"前晚呢?"

"也一样。"

"那之前呢?"

"也还是让马——"

"你什么时候睡过?"

"我三天都没合眼。"

原来如此,在毫无生气的左近八郎的脸上,只有眼睛异样地闪闪发光。

"你三天没睡一直赶路吗?"安良里目瞪口呆。

"那要是我让你今天傍晚再回去呢?你就那么想让部下增至三倍吗?"

"咦?"八郎抬起头来。

"没关系,我开玩笑的!"安良里马上改口。因为她看到武士年轻英俊的脸庞上涌起小小的愤怒和巨大的悲伤。

"没关系，靠近些！"

"是！"左近八郎站起来到安良里面前，坐在那里。

"有马场美浓守大人帮忙，你见到法性院大人了吗？"安良里压低声音问。

"那个——"八郎屏住呼吸说，"美浓守大人因为生病，一直闭门不出。"

"那么，是通过我所说的武田信丰大人的斡旋吗？"

"信丰大人这一个月也出去了，不在家。"

"不可能！"安良里忍不住说道。

信丰是无论如何都不会离开信玄左右的男人。如果信玄在甲府，他就应该在甲府。只要信玄不死，信丰就不会从他身边消失。

"那么，内藤昌丰大人呢？"

"内藤大人不巧也生了病。"

"啊，重臣们全都一个个……"安良里觉得事态果然不寻常。

服丧！安良里面色凝重起来。

"城下有什么变化吗？"

"没看出有什么异常。"

"有没有发兵打仗的传闻？"

"没听到。"

"你去惠林寺参拜了吗？"

"谁都进不了惠林寺。"

"为什么？"

"看守得非常严。"

"好的，辛苦了。"说到这里，安良里突然皱起眉头。

稍微过了一会儿，她不苟言笑地说："我煞费苦心，想让你部下数目提至三倍，你却没能和法性院大人见上面，真是不走运啊。"

安良里认为信玄的死已是确凿无疑。自己剩下的工作只是向德川方面通报。不久，武田方几个一线城堡会被德川军包围。援军一时半会儿也来不了。

野田城陷落。这个长筱城也陷落。然后——

即便如此，对于武田来说，失去这几处城池，也不是什么重创。武田一门灭亡，还需要几年的岁月吧。嫡子胜赖也是个非凡的青年武将。但是，只要有我安良里在！

"左近八郎，好好休息三天吧！"安良里突然想独处一会儿。

听到安良里吩咐自己好好休息，八郎却抬起头说："我可以汇报一件重大的事情吗？"

"说说看，有什么重大的事？"

"我感受到的事情。"

"在哪里?"

"在甲府的城下……"

"怎么了?"

"我一直在想,法性院大人是不是出了什么事。"

安良里闻言脸色一变。对于八郎说的内容,安良里一点也不吃惊,但是这些内容从八郎口中说出来,她感觉自己被抓住了把柄。

"即使你那样觉得,也不该那样说。"她语气冷冽。

"是!"

"退下吧。"

"不过,为此我——"

"你是说你去了甲府的城下吗?"

安良里脸上的血色一下子消失了,变得煞白。对安良里来说,左近八郎这时变成了一个全然陌生的年轻人。她想:这人居然看透了我!至少他知道我派他到甲府的目的!

直挺的鼻梁、清澈的眼睛,还有紧绷而富有激情的嘴角!本就是杂兵队伍中的佼佼者。

从他在野田城成为俘虏并被武田押解过来的那一刻开始,她就清楚他那种奋不顾身的大胆。在杂兵中他卓尔不群,是可造之材。

因此她想，如果悉心培养的话，他总有一天会对我有帮助的。我需要一个得力的部下，并把他安排在武田的重要位置。只是绝不能让对方知道我的真实身份！

"你说'为此'，到底怎么回事？"安良里的声音有些颤抖。

"我绝不是因为恶意才说的。"

"我知道。"

"我只是那么想。"

"不能那么想！我只是想让你立点功劳而已。"

安良里一边说，一边目不转睛地望着八郎的脸。

"您说要我投靠胜利的一方，我才归顺武田，算是一个新人。但是，我既然在武田这边任职，我就会为武田家卖命。我没有别的意思。"

听到这里，安良里松了一口气。这个男人还是什么都不懂。

"你真傻，只是投靠胜利的一方而已，干吗那么较真！"安良里恢复了平素的从容不迫，面部表情也放松了。

左近八郎退到了别的房间。

左治平端来了饭菜。

从老僧刚才在寺院厨房里露面的时候开始，八郎就很留意他。他端来饭菜的时候，八郎注意到他手腕粗壮，不像一介寻常僧侣。就算突然袭击他，也很难得手。因为他的举止毫无空隙可钻。

小时候，八郎经常来这座寺庙抓蝉。那时候有一位中风的住持和年轻的妻子在守墓，好像还有个孩子。不知他们一家是因战乱频发，早已遭遇不测，还是已逃往他乡。不光寺庙，几乎所有房子都因连年战火而无法保持往日的风貌。

因此，即使住持是毫不相识的人，也不足为奇。八郎疑惑这位住持何时搬来这里，有什么前尘往事。

"住持您原来是武士吧？"

"您的确很有眼光。"左治平表情平静，毫不做作地说。

"您出生地是哪里？"

"是甲斐，因故来到了这里。"左治平含糊其词。

"您与安良里公主呢？"

"去年认识的。"

剩下的就是闲聊了。

饭后，左治平很快把榻榻米铺好了。八郎从厨房里走到院子里，想给拴在树上的马喂饲料。可是刚才拴在山门旁边的马不见了。他返回厨房，向左治平询问。

"啊，对不起，我忘记跟您说了。我把马带去了后门。"

于是，八郎只好再次走出寺庙，绕着建筑物向后门走去。

外面一片漆黑，他又不熟悉道路，只得走走停停。忽然听到了水声，他以为是引水筒，可走近一看，原来是一条小河沟。住持居然自作主张把马拴到这么黑灯瞎火的地方，八郎暗暗愤懑不已。

八郎徐徐前行。突然，感到背后有人的气息。与此同时，杀气聚集成了一个小小的黑色硬块，朝他飞来。

他身子一闪，长枪枪尖向右偏了过去。

"谁？"八郎喝道，知道对方绝不是泛泛之辈。

第二枪很凌厉。八郎堪堪侧过身，径直拔出刀来。却听见脚步声啪嗒啪嗒地远去了。

"谁？"八郎喊着追了五六步，便放弃了追赶。风吹动神社内古树树梢的声音，传到了八郎耳朵里。

也许因为刚才的打斗，马在右边高声嘶叫，因此八郎放弃追赶袭击者，走到马旁边。他出甲府时的坐骑早已累死，这匹马是他中途从穴山部队的武士那里廉价买来的。八郎从未骑过这么好的马。连下级武士都拥有如此良驹，真不愧是因精悍骑兵而闻名的武田部队。

八郎疲劳不堪，马也累极了。刚才马高声嘶叫了一声，等八郎走近的时候，却站着纹丝不动。可能已经睡着了。

八郎照料完马，原路返回寺庙大门。

"出什么事了吗?"身旁响起了安良里的声音。黑暗中的一隅墨色很浓。

"突然被长枪袭击了。"八郎回答。

"是谁?"

"我不知道是谁。是个相当厉害的家伙。"

"你是说长枪?"

"是!"

安良里一时无话，忽又若有所思，"使长枪技艺高超的人不多吧?"

"我有个叫俵三藏的武士朋友，被称为'枪三藏'。如果一决胜负的话，三藏肯定能赢，但论到使长枪的招数，恐无法与刚才那厮相比。"

"那么，你没受伤吧?"

"不管身手如何了得，终归是垂暮之年。"

"垂暮?是老人啊?"

"大概是吧。捻枪很凌厉，可惜力道差了很多。"

"那对方现在哪儿呢?"

"当时就跑了。"

"是因为他知道敌你不过吗?"

"他是不愿被我抓到吧?"

八郎觉得袭击自己的男人是左治平。刚才吃晚饭的时候他就注意到了左治平的粗壮胳膊，此时那胳膊又浮现在他眼前。

"你知道是谁吗？"安良里说。

"我知道。我想大概不会错。"

"是吗？那就好。好好休息吧！对方也不是要取你性命。"安良里似乎也猜到了袭击者的真面目。

"可是，他为什么要袭击我呢？"只有这一点，八郎百思不得其解。

"你不明白吗？所以我告诫你要谨言慎语。就连我自己刚才也差点把你砍了。"

然后，安良里一边走进寺庙深处，一边咯咯地笑。

八郎回到自己的房间，立刻进入了甜美的梦乡。不是因为他没有感到一丝危险，只是因过度疲劳而沉沉睡去。

火箭

六月末一直到七月初，终日阴雨连绵。

如今梅雨季节终于结束了，夏日强烈的阳光首次照耀着丰川西岸开阔而起伏的平原。

从长筱城的望楼俯瞰下去，潮湿的平原土地在阳光的照耀下，或显出深紫色，或显出银灰色。

美雪回到家乡已经半年了，一直在服侍菅沼正贞的妻子。这天，她久违地休假。雨过天晴后的清爽感吸引美雪首次登上了望楼。

美雪觉得自己真是白白浪费了这半年。八郎已经返回德川那边，与她分属不同阵营。她只要继续服侍长筱城主的妻子，就没有与八郎见面的希望。不过，她也不想再像过去三年那样，辗转在德川势力范围内的三河、美浓的诸城邑之间。她虽然不像山名鬼头太那样笃信石头占卜，但也觉得一切都是命运。能见面就见面，不能见就不见。

从望楼上眺望，平原上数十座小丘连绵起伏，一览无余。小丘与小丘之间有一条街道。那条街道上有三骑武士翩然而至。虽然在高处看不到他们明显的移动,但能看到他们在竹林阴影中和山荫下时隐时现,渐渐向这边靠近。

不久,美雪听到隐隐约约的法螺声穿过平原传过来。在平原上奔跑的三骑之中的一骑停住了,马上的武士吹响了法螺。过了一会儿,那一骑又追赶上了前面两骑。于是,前面两骑中的一骑又停下来,吹响了法螺。于是,后面的一骑又超过了他。

雨后空气清爽,一尘不染。在美雪的眼中,他们一骑一骑交替停下来吹响法螺的情景,像一场游戏一样悠闲快乐。

那三骑到底在干什么呢?美雪饶有兴趣地注视着骑马武士们莫名其妙的行为。

这时,美雪突然把视线投到望楼下,不由得大吃一惊。像捅了马蜂窝一样,武士们分别从几个城门涌到城外。一看便知非同寻常。

不久,几个武士心急火燎地跑上望楼。

"你在这儿干什么?敌人的大军正蜂拥而来!"一个武士对美雪大声厉喝。

"你真碍事!让开!"另一个人也吼道。

美雪把目光移向了平原。什么都没发生。仍然很安静。

此时,城内开始激烈地敲击军鼓。

美雪从望楼上急忙下了两层梯子来到院子。院子里已经挤满了忙于武装自己的兵士。

"美雪小姐！"

她循着声音扭头一看，鬼头太鹤立鸡群地站在那里，大眼睛忽闪忽闪的。

"快点逃出城去，离开城下。这次肯定免不了一场苦战。不管怎样，要尽快逃出城！"

"来攻打我们的是德川军还是织田军？"美雪问。

"是德川军！本多忠胜、榊原康政的军队一分为二，从野田城西部兜了一个大圈子，打到这边来了。短时间内，武田的援军根本赶不过来。马场美浓守等武田的武将还在甲斐和信浓呢。"鬼头太把自己了解到的情况解释给美雪听。

"我们会输吧？"

"会输的吧。"

"输了怎么办？"

"我要活下去。美雪小姐也必须活下去。城堡撑不了一个月。"

"哦，不！"

美雪非常厌恶战争。她想，难道今后这一带每天都会听到战争阴暗悲惨的山呼海啸声吗？

与此同时，当她听到德川军会进攻的消息，又感到一丝欣慰。在黑暗中，一缕光线照进她的内心。左近八郎也许在进攻的军队里！

正因为美雪抱着遇上八郎的侥幸心理，她没有感受到敌人来袭是件多么可怕的事。而且，她三年来辗转德川武将的领地，算是比较了解德川的武士们。她不觉得他们比信州、甲斐的士兵们更残忍狰狞。

这时，美雪意外地听到了一个女人的声音，扭过头去。

"咦，你不就是前几天——"

一个看上去身份尊贵的女性一直盯着美雪这边。是安良里。她似乎发现了鬼头太，于是拨开拥挤的士兵们，从容不迫地走近前来。

"是！"

美雪吓了一跳。因为她从来没有看到鬼头太显出如此恭敬的样子。完全不是鬼头太的风格。

"请跟我来。"安良里面无表情、直截了当地说。

"我绝不会再……"鬼头太低下头。

"让你来，你就来！"

"我绝不会再……"鬼头太再次说道。

一阵隐隐约约的不安掠过了鬼头太的心头。鬼头太感到，安良里这个女人神奇莫测，比起交战和德川军来袭，更让人恐惧。他觉得自己就像被蛇盯上的青蛙一样，身体不断蜷缩。他也想在美雪面前抖抖威风，却无能为力。

鬼头太最终无可奈何地跟着安良里走了。走出五六步之后，他冲美雪说道：

"你怎么还磨磨蹭蹭的！赶紧逃，否则就晚了！"

这是美雪第一次见到安良里。在安良里面前，美雪微微垂首。尽管不知道女人的身份，但一看便知非等闲之辈。服饰华美，气质出众，卓尔不群。而且，在城内能如此趾高气昂地自由行走的女人，肯定是屈指可数。

当美雪抬起头时，鬼头太的身影已经从紧邻泷川的城墙后门消失了。对于鬼头太的去处，美雪心知肚明。出了后门就是悬崖峭壁，那里有条小路，顺着小路往下走，只能走到泷川狭窄的河岸。

那女人到底为何把鬼头太带到那种鬼地方去呢？这样的念头在美雪脑海闪过，但转瞬便被抛之脑后了。既然战争迫在眉睫，那她就必须逃出城池。

另一方面，鬼头太沿着悬崖边的小路一步一步往下走，不安与时俱增。

"我绝不再……"

"你到底在说什么？"

"不管你说什么，我绝对不会再占卜那些事情了。"

"你是说不做？"

"是！"

"你真傻，想占卜的话，占卜多少次都可以吧？"

安良里下到河滩上，用严肃的口气说："站在这里！不准动！"

"是站着吗？"

"是的。"

"站着干什么？"

"干什么都行，这是我的命令。"

鬼头太抬头看了看安良里的脸。只见她一副不容反驳的神情，冷冷地盯着自己，于是他心中的不安又加剧了。

安良里又顺着来时的旧路往上爬。鬼头太觉得不可思议，自己为何会乖乖听命于一个貌似手无缚鸡之力的女人？

在安良里不见踪影之后，鬼头太爬上了悬崖。可是，城墙的后门关得紧紧的。推也好，撞也好，都纹丝不动。

鬼头太这才明白自己被安良里困在了插翅难逃的悬崖一角。

他想，真是莫名其妙，事情怎么会发展成这样？进城的门被紧紧锁死，无法撼动分毫。肯定是很快会爆发大战，才会被人从内侧牢固地插上门闩的。

"喂，开门！"鬼头太简直忍无可忍。

"我在这里！山名鬼头太被锁在这里了！"他大声呼喊。

门那边，武士们仿佛在忙于装备自己，人声鼎沸。鬼头太能听到里面人说话的声音，但是自己的声音传不到他们耳中。人人忙于披挂整齐迎接战斗，谁也没有留意到那个被弃在泷川峭壁上的男人。

鬼头太无计可施，只好沿着通往悬崖的路又回到了河滩上。除了渡河到对岸以外，这里没有通往外部的途径。

湍急的水流冲击着岩石。只要往前踏进水流一步，下一秒就会被河流吞没。他完全没有自信能够渡河到对岸。

若是以前，鬼头太无论遇到什么境况，都能逢山开路遇水搭桥。但唯有这次束手无策。他必须在战争开始之前想出办法。否则开始交战后，这里定会箭如雨下。

鬼头太一屁股坐在河滩上，赌气似的从印笼中拿出那块石头。在这种情况下用占卜知生死是最合理不过了，但是一旦涉及自己的生死，他反而有点不敢占卜。因为要是露出背面的话就麻烦了。

"有没有人来救我？"

他深呼一口气，手里握住小石头，然后打开了。出来的是正面。

"嘻,是有人来救我吗?"

鬼头太松了一口气,愣愣地盯着石头望了一会儿,忍不住琢磨起来:"要说有人来救我,那会是谁呢?"

知道自己被关在这里的,除了安良里以外,美雪也碰巧在场。另外还有几位武士,应该也看到自己跟在安良里后面穿过后门下到悬崖去的。但此一时彼一时,他们估计早就忘记了吧。如果有人来救的话,不就只能是美雪吗?想到这里,鬼头太的脸上顿时神采奕奕。

但是救星迟迟没有出现。

鬼头太等得有些不耐烦了。军鼓声、法螺声和呐喊声交织在一起,令人毛骨悚然。这时太阳西沉,冷飕飕的河风侵袭着皮肤。

鬼头太坐在河滩上,只能看到对岸的悬崖。完全无法想象那个悬崖上正在发生什么。

军鼓声和法螺声,混杂在流水声中,清晰地传到他耳朵里。

马上要交战了啊!

鬼头太淹没在暮色中,河面和对岸的悬崖也都即将被暮色吞没。黑暗中,只有河流冰冷的飞沫不时洒在脸上。

鬼头太用手摸索着攀登悬崖一路攀到了城墙根儿。城里静得仿佛空无一人。从这里理应能看到对岸广阔的平原，不过，此刻所有的一切全都笼罩在黑暗里，对岸也同样安静。他想，刚才的法螺声和军鼓声，到底是从哪里传来的呢？

鬼头太盯着对岸的黑暗看了很长一段时间，也没看出什么端倪。不过，对岸上方的天空微微发亮。地面笼罩在一片黑暗中，但那黑暗地面之上的天空却有一抹奇异的光亮。鬼头太虽觉得十分诡谲，却不知缘由。

鬼头太打算返回河滩的时候，突然从对岸飞来一支火箭，一道赤焰气势凌厉地划破漆黑的天幕而来。

天哪！他忍不住喊出声来。刚才还是漆黑一片的对岸，突然像火海一样熊熊燃烧起来。

火箭很快扑向他，将他团团围住。

周围火星飞溅。火箭一支接一支地向他扑来（至少他自己这么觉得）。鬼头太哧溜哧溜地滑下悬崖，中途直接翻滚下来。等他回过神来，发现自己正拼命拽着一根树枝。

他不知自己停留在悬崖的哪个地方。悬崖上的泥土、石头、树木、还有死死拽住树枝的手不时变成红色，不时又马上淹没在夜色中。

嘎吱嘎吱，树枝折断了！哧溜一下，鬼头太滑落到崖底。

啊！他腰骨撞击在一块坚硬的石头上，不由发出一声惨叫。紧接着，有一个沉重大块头的东西掉到了他旁边。他以为是块石头，但似乎不是。

鬼头太仍然躺在地上，他伸出手去摸，结果摸到的是铠甲。

"喂！"鬼头太叫了一声。

没有回音。

他的手碰到了那人的脸，又顺势摇晃了一下那人的身体。完全没有反应。

死了！

火箭不断在他脑袋上空闪过。借着火箭的光亮，他发现倒地的武士胸前中了两箭。

约莫半个时辰中，鬼头太在河滩上东躲西藏。人只掉下来一次，后面火箭不间歇地落下。没有射入城内而跌落城墙的箭一支接一支地喷着火掉了下来。

有的掉落悬崖的半腰，仍在燃烧；有的直接掉落河滩上。

这对鬼头太来说是一场奇怪的战斗。由于他被困在崖底，即便想战斗，也没有用武之地。他必须仰着头，时刻留意火箭的落下方向，还得注意脚下。附近到处都是硌脚的石头，泷川的湍急水流奔腾着溅起水花。

火箭袭击断断续续进行了若干次，半个时辰后，火箭突然停止了。在水声的掩盖下，城内的骚乱之声无法传到鬼头太的耳朵里，不过可以想象城里一片狼藉。

不过，站在泷川的河滩上，城内和对岸的敌营都显得很安静。就像什么都没有发生过、什么也没有正在发生一样。只有黑漆漆的城墙相向，一条湍急的河流正流淌在城墙间夹杂着湍流。

鬼头太刚才一直仰着头。脖子扭了太久，所以不容易复原。鬼头太看到了星星。在如墨般流淌的天空某处，几颗小星星闪烁着冷冽的光芒。

鬼头太两手放在脖子上，慢慢用力，想把脖子扳回原来的位置。但是，疼痛感立刻在脖子上蔓延。

看来除耐心等待之外别无他法！他正这样想着，忽然听到有人踩着河滩的石头逐渐走近。

鬼头太心里一惊。他立刻明白敌人多半是渡河而来的。

"确实在这附近来着。叫他名字试试！"一个女人的声音。

他对这清脆的声音有印象。是安良里无疑。她虽不是敌人，鬼头太却感到别样的恐怖笼罩了自己。

"山名鬼头太！"这次他清楚地听到一个男人的声音。

"他答应的话，就杀死他！"那女人说。

鬼头太自然不敢应声。他战战兢兢地颤抖着身体,屏住呼吸,在河滩上匍匐而行。不知何时,脖子已经恢复原状。

"山名鬼头太!"又是那个男人的声音。

"从这儿没法往上爬,也不可能从河的上游和下游逃走。他多半是被箭射中,滚落哪里了吧。"

在哗哗流水声中,鬼头太听到安良里说出了上面这些话,全身又陷入恐惧之中。要是论打斗,不管是什么对手,他都毫不畏惧。唯独一听到这女人的声音,他就不可思议地受制于她。

真要被她发现,自己可就一命呜呼了。只要女人冲他说句话,他就乖乖束手就擒,完全没有兵戎相见的魄力。

"安静点!"如果女人这样吩咐他,他也会听话地安静下来,结果多半是被她出其不意地刺伤。这些是可以想见的。

河流的声音很响。

"哎呀,他倒在这里了!"那个男人站在离鬼头太八九米的地方说。

"倒在地上了?真可怜啊!"然而,安良里的声音里没有丝毫怜悯之情。

"已经没有气息了。"

"应该是吧。"

"那怎么办?"

"扔进河里吧。"

二人好像把刚才掉落的武士误认为是鬼头太了。

可能是安良里也要靠近那武士,男人的声音又响起:"中了两支箭阵亡了,真可怜!他会用石头占卜——"

"不过,你确定是那个叫鬼头太的武士吗?"

鬼头太心头一紧。

没想到男人说:"没错。他是我发小。我记得他耳朵后面有个伤口。"

这时,鬼头太才意识到那男人就是左近八郎。刚才就觉得声音熟悉,原来是八郎那家伙。

如左近八郎所说,鬼头太确实在耳朵背后有伤。小时候从柿子树上跌落,砸在石头上受伤了,那伤口残留至今。

左近八郎像是在确认伤口,与安良里的对话陷入了停顿。鬼头太无法判断八郎将如何说,又不安起来,浑身紧绷。

"确实有伤口。"

"是吗?"

"我扔到河里吧。"

八郎拖着武士的尸体,踩着河滩,扑哧扑哧往河边走。

很快,水里"扑通"响了一声。

"那我们回去吧。"安良里说完,二人就沿着悬崖边的小路往上爬。

鬼头太一直没有挪窝,直到二人的声音完全消失。过了很久,他才吁出一口气,"总算得救了!"

正如占卜所示,援军确实如约而至。不过援军原来是那个死去的武士。就是他登上城墙的时候碰到的那个被射死的武士。那武士真是个冒失鬼!

"山名鬼头太!"

突然被叫到名字,鬼头太心脏又提到了嗓子眼儿。

"谁?"鬼头太手按刀柄。由于喊他名字的是个男人,他瞬间进入战斗状态。

"是我!"

"是左近八郎吗?"

"是的!"

鬼头太毫不松懈地向前望去。从声音判断,确实是左近八郎。

"原来你知道我在这里?"

"我当然知道。"

"那你为什么刚才把掉进河里的尸体说成是我?"

"出于朋友情谊,我救了你!"

"我可不想被你救。"

"不要说赌气的话。话说回来,你为什么会惹怒安良里公主呢?"

"我怎么会知道?"

这个问题鬼头太倒是想问问安良里。安良里究竟出于何种理由,那样处置自己?他丈二和尚摸不着头脑。

"你是什么时候在哪里认识安良里的?"

"大约两个月前在这长筱城下。"

"那时你做什么了?"

"没什么,只是按照那女人的命令用石头占卜而已。"

"占卜?占卜了什么?"

"武田家——"

说了一半,鬼头太把后面的话咽了下去。

"武田家——"

鬼头太欲言又止。因为那时安良里残忍、像被鬼附了身一样的神情浮现在眼前。虽然朦朦胧胧,不过鬼头太仿佛突然明白了安良里想杀自己的原因。

"你占卜了什么?"

"武田家会灭亡!"鬼头太痛下决心摊了牌。

闻言,八郎惊得下巴都快掉下来了。

过了一会儿,八郎恢复平静,说道:"好吧,这件事不要泄漏给任何人。"

"为什么不能说?"

"无论如何,就是不能说出口。"

"如果我说出去了呢?"

"我会杀了你!"

八郎语气里带有一股强烈的杀气,鬼头太不禁后退了两三步。

"你杀我?"

于是,鬼头太一下子变得异常冷静,嘿嘿低笑一声:"明白了!我全都明白了。我明白那个女人为什么要杀我了!我也明白为何已返回德川部队的你现在却在这长筱城内!是我高看了你。"

"什么?"

"你们真是一丘之貉啊!"鬼头太喊道,"奸细!"

鬼头太话音刚落,感到额头上白刃一闪。鬼头太往后跳去,也拔出了刀。其实八郎是不是奸细都无所谓。关键是他夺走了美雪的心,因此是自己不共戴天的仇敌。

对鬼头太来说,只有两点对他有利,一者决斗在黑暗中进行,二者地点是石头骨碌碌乱滚的河滩。他深知,在正常条件下根本敌不过左近八郎。

鬼头太摆起架势，一步步后退，寻找下手机会。必须杀了他！必须收拾这家伙！只要八郎在武田阵营，不定什么时候就能遇到美雪。必须杀掉！

鬼头太在找到有力支撑点的瞬间，踩了一脚借力翻滚身体，大刀阔斧地砍下去，又横扫一刀。

对手赶紧往后退，却好像磕在了石头上，发出微弱的呻吟声，倒在地上。

鬼头太没给他留空隙，大踏步向前砍下去。两刀相撞。他又抡起刀砍下去，没想到这回砍到了石头上。

对方跳起来躲开了。鬼头太开始孤注一掷。他和笔直延伸的刀身一起，仿佛一根棍子向前突进。但还是被躲开了。鬼头太却刹不住车，像游泳一般，在河滩上跑了四五米。

鬼头太一边跑，一边清楚地听到八郎短促的喊声和噗通的水声。

鬼头太摔了个屁股蹲儿。头猛烈撞到了一块大石头上。眼睛发黑，一时半会站不起来。他大嚷道："八郎！"

但是无人应答。周围一片漆黑，寂静无声。

鬼头太慢吞吞地站起来，一边大口喘着气，"来吧！"

过了一会儿他骂道："活该！"

他想，既然对方全副武装地被急流吞没，不太可能还有活路了。

鬼头太瞪着漆黑的水面，瞪了半天。水花飞溅在他脸上，手上，头上。

过了很久，鬼头太才坐到旁边石头上。疲劳一股脑儿地向他袭来。

休息片刻后，鬼头太沿着悬崖边的小路攀登上去。

城墙的小门打开着。一踏入城内，鬼头太不由得大惊失色。到处都是火，俨然地狱一般。街道右边几棵树木的枝梢上喷着火。望楼的屋顶也喷着火。在城内广场的各处，箭头洞穿的破布像纸屑一样撒得到处都是，而且都在燃烧着。

在一堆堆小火之间，许多武士四散坐在地上。

"怎么了？"鬼头太走近一个武士问。

"什么怎么了？"武士抬起颓丧的脸，不耐烦地回答。

"只是烧掉了城堡，还算幸运。你跑哪里去了？算了，休息吧。"武士又说。

连左近八郎都感到惊奇，自己竟然在河底翻滚了这么久。

他毫无抵抗力。时而头朝下倒立，时而侧身，不停地滚动。好几次被深洼之处吸住，沉到最深处，但每次又从漩涡中被弹出来。

八郎的脸好几次浮出水面。他感觉自己好似箭一般奔跑在滔滔不绝的洪流之中。

他无暇顾及生死,只是一味奔跑,以惊人的速度被冲走!

八郎翻了个大跟头后,突然被弹到一个石头骨碌骨碌翻滚的地方。他已近乎失去意识。这时,一个迥异于水流声的声音突然传入耳朵里。而且,那声音听起来很响亮。这是一种无比轻快、震撼心灵的声音。过了很久,他才意识到那是哨声。

"哇,钩住了!"

"真是个愚蠢的家伙。"

左近八郎听到这样的声音,被人从水中拖到了河滩上。有人在他背上踹了一脚。踹得非常粗鲁,不过使他得以把肚子里的水吐了出来。

他的头和脚被人拖着,身体悬空。只有一部分后背着地,被拖拉着走。石头骨碌骨碌地不断磕在后背上很痛。但是,很快就感觉不到那种疼痛了,因为他被扔到了草丛里。

八郎这时终于清醒了过来。现在身旁的武士们多半是围困城池的德川武士。他虽然还搞不清自己所处的位置,但估摸是比泷川和大野川的汇合点更下游的地方。为了断绝城池内外的联系,河上挂着哨子。他一定是被哨声唤醒了。

左近八郎闭上眼睛,身体如死猪一般。因为他觉得最好是假装失去意识。

"我们带他走吗?"

"已经溺水而亡了吧?"

这样的对话过后,有人用脚踩到他脸上。他按照对方施加力量的方向,毫不反抗地挪动着脸。

"死了!"这次是肯定的声音。

八郎后背又被踢了一脚,就被扔在原地。只有水声环绕,寂静无比。

他过了很久才敢睁开眼睛,转动头部。很远的地方燃着篝火,一看便知是值勤武士们围成一圈在烤火。

八郎悄悄直起了上半身。虽浑身痛楚,不过好在脚趾和手指都能随意活动。这时八郎又听到了脚步声。

脚步声向八郎靠近。啪嗒啪嗒,是轻轻踩击地面的脚步声。八郎赶紧躺回地上。有人从他右侧两米左右的地方走了过去。

又有新的脚步声传来。这回是好几个人。

"今年这样已经是第几次了?什么世道啊!"一位老者说。

"哇,好重啊!"一个女人说。

那群人过去后,又有别的脚步声响起。这回掺杂着孩子们的声音。八郎反应过来，这些都是因交战而远走避难的人群。右侧两米左右是堤坝，那里有一条路。人们三三两两，或多人组团通过那里。

脚步声中断了一会儿。八郎直起上半身，想站起来。但是全身虚脱，无论如何也没有力气起身。

又有脚步声临近。这回是一个人。

"喂！"八郎向堤坝那边打了个招呼。脚步声戛然而止，显然那人吓了一跳。

"我想请教一下，您是城下的人吗？"

"是的。"

对方虽然回应了，但还是想匆忙通过，不想驻足。这是一个女人。

"我有个请求。"八郎紧接着说，"想请您帮一个忙。"

女人好像觉得有些古怪，没有作答。

"我不是什么奇怪的人。我是这个城里的，因为交战才坠入河里，不怕您笑话，我身体动不了了。"

"您是菅沼先生的家臣吗？"

"我是武田的人。我叫左近八郎。"

"咦？"对方口中发出轻微的惊呼。

"您刚才说什么？"

"……"

"请再说一遍您的名字!"

"左近八郎。"

女人急忙来到八郎这边,"可是左近先生应该在德川大人的阵营里。"

女人明显很警惕。这回是八郎吃了一惊。

"有点状况,我现在——"

他还没说完,女人的手就伸了过来。

"左近八郎先生?真的是您吗?"

女人先是把手放到他胸口,突然又去抚摸他的脸。抚摸方式非常粗暴。在下一秒钟,八郎感觉对方把全身的重量压到了自己身上。然后他虚弱无力地倒在了地上。

"我是美雪,美雪……"

与此同时,剧烈的呜咽声响起。听到美雪二字,八郎猛地想站起来。他实际上也这么做了,下意识地要逃走。可是因为身体虚弱,只走了两三步就摔倒在地。

"八郎先生!"美雪紧紧抱住了刚走几步就倒下的八郎。

"唔。"八郎呻吟着,知道自己逃不掉,就听天由命地任美雪摆布。她纤细娇嫩的手使劲摇晃着他的身体。

"啊,我一直都好想见到你!"美雪伏在他的胸口,发出强烈的呜咽声,肩膀剧烈地起伏。

"啊，太好了！终于见到你了！"美雪啜泣着说。

可是，这时八郎完全在想别的事情。为什么自己刚才想逃走呢？真是不可思议。三年前，他的心几乎被美雪全然占据，但这次见到美雪，却一点也兴奋不起来。反而觉得见还不如不见！

"虽然很暗，但你能看到我的脸吗？"美雪屏住呼吸说道。

"看得见。"八郎回答，忍着内心的痛苦。

"眼睛呢？"

"看得见。"

"嘴巴呢？"

"看得见。"

"心呢？"

"看得见。"

这是二人在重温三年前的问答。与此同时，抚摸着他身体的纤细手指也增加了力道。但是，左近八郎什么也没看到。没看到美雪的眼睛、嘴巴，也没看到美雪的心。

八郎内心异常冷静。他想，现在在长筱城内的某个地方，安良里应该正在寻找自己。安良里弱不禁风的纤细姿态，高高的背影，狭长的、能看透人心的冷冰冰地闪耀着的眼睛，高傲而美丽的嘴角。

——今晚十一时在这里等我!

安良里确实是这么吩咐的。八郎为了单独返回见鬼头太,在城门处与她暂时分开时,她如此命令自己。

他不知道她有什么事情想找他。他必须在那个时刻赶过去!

"您没受伤吧?"美雪的心情终于稍微平静下来。

"不过是呛了水而已。"八郎答道。

"来,走吧。我扶着您。"

"去哪里?"

"我认识的一个农民住在河对岸。先去那里吧。"

"我必须回城里。"

"您能回去吗?您不是连站都站不起来吗?而且,城堡被德川军围了两层,甚至三层。"

美雪宛若柔荑的手从八郎腋下绕到肩上。

从两棵巨大的栲树之间可以眺望长筱城。长筱城看起来像玩具一样渺小。从城的大小来估算,这里距离长筱城大概有一里的距离。

这是一个空气清新的早晨。左近八郎从被窝里爬起来,看见长筱城依然像陈设品一样坐落在远方。

他在美雪的帮助下来到这个农舍,已经三天了。

那晚，八郎在踏入这所房子的土间之前还勉强能支撑，等好不容易到达的那刻，就轰然倒在了那里。直到第二天下午才完全恢复意识。虽然浑身没有严重的伤，但是小的跌打损伤不计其数。这也难怪，毕竟八郎从泷川开始，经过泷川和大野川的交汇点，漂流到了遥远的下游。大难不死已是奇迹。

八郎恢复意识后身体动弹不得。无论是睡着还是半睡半醒，总是被噩梦侵扰。仿佛一闭上眼睛，身体就总在颠来倒去地漂流。

来到这里的第二天晚上，八郎在美雪的搀扶下从被窝里坐了起来。在遥远的平原上，小小的红色的火焰像供香的烟花一样闪烁着。那是长筱城受到火箭攻击的远景。远远望去毫不恐怖，不过是美丽的小小烟花而已。

第三天晚上，也就是昨晚，依然如此。九时到十一时，火箭攻击仍在持续。八郎看到这一幕，心想城堡也许早被烧毁了。

但今天早上起来一看，发现城池完好无损。远处的小城很是静谧，好像什么事都没有发生一样。

八郎十分挂念安良里。他担忧安良里无法逃脱那座城。想起第一晚城内的混乱和骚动，前天晚上和昨晚，城内应该更加凄惨。在这种情况下，安良里是怎样度过的呢？

"今天心情怎么样?"美雪从中庭迂回过来。

"托你的福,我很好。"八郎说。

他又说:"你能想办法让我进城吗?"

"哦。"美雪的眉毛不安地蹙了起来。

"那可不行——您要去城中送死吗?您身体还没恢复。"

"今天已经能走了。"

"走走看。"

八郎试着站起来。只有腰骨和右臂关节疼痛,其他部位并无大碍。在房间里慢慢绕了一圈之后说:"你看,我没事了。"

"不管你怎么说,我都不让你去城中。而且,你不是前几天才投奔武田的吗?昨天你还说要站在胜利的一方,这次是要站在失败一方吗?"

原来如此,我下定决心,总是站在胜利的一方!不过,现在也没什么损失。只是担心美丽女上司的安危。

这天下午,美雪惊慌失措地跑进房间报告说:"德川的部队进村了!正在那边的街道上休息呢。"

八郎当时正坐在地板上。德川的部队进入村子,也不值得大惊小怪。德川军将长筱城层层包围并派重兵把守,如今只剩下城池里面了。

"怎么办？您在这里岂不是很危险？"

"他们不会闯进家里来的。"

"不好说啊。"

"兵来将挡，水来土掩。"八郎并没有仓皇逃匿的意思。

"虽然您不愿意，但您能搬到谷仓吗？就在那边中间二楼。"美雪很认真。

"不必劳烦了！太兴师动众了。"

最终八郎还是坚持自己的主张，待在原地不动。街道上偶尔传来一些动静，有武士们奔跑的脚步声、说话声、马蹄声等。在平时除鸡叫以外什么都听不到的安静的村庄里，显得有些诡异。

不过，这一天平安结束了，什么都没有发生，直到夜幕降临。部队依然驻扎在村子里。

像往常一样，从晚上八点开始，长筱城方向又冒出了无数的小火花。八郎坐在廊子里观望。城里肯定是展开了惨烈的攻防战，但是从远处看，那只是一片寂静风景。

火箭攻击很快就结束了。这让八郎有种不祥的预感。

也许城堡被烧毁了！如果城内起火的话，火势会上升。但是，哪里火势都没有升起来。平原一片黑暗。

白天，八郎在房间里幽闭了一天，晚上便想去户外走一会儿。美雪可能是怕主人不高兴，一到晚上就很少出现在八郎面前。

他穿上院子里的木屐,穿过走廊。八郎在并不宽敞的前院慢慢行走,尽量避免勾起腰痛。他突然停下脚步。

是响亮的马蹄声。是单骑。

八郎立刻闪躲到谷仓旁边。他虽不担心对方发现自己,但还是得多加小心。夜里的街道很昏暗,还是能透过树丛看到一匹马疾驰而来。

这时,几个拿着松明火把的武士突然从农舍跳到街道上,迎接那匹马。

马跑进了松明的光亮里。八郎凝视着那个人,暗暗惊呼。

跑进松明光亮里的是一位女性。而且,那不是安良里吗?

八郎不敢相信自己的眼睛,觉得不可能这般巧合,于是继续凝神观察。可是,翻身下马、轻轻叩击着马脖子站立在那里的人,确确实实是安良里。

两个武士出现在松明的光芒中,行了一个礼,从她手里把马牵走了。很快,又有一个人过来,把马扎放在路边。

安良里坐在那个马扎上。她的身影隐藏在黑暗中。

当然,从八郎站立的地方,根本听不到他们的对话。

八郎回家取了长短二刀，从农舍的大院走到街上，想确认那是否真的是安良里。

八郎走到街上，躲在树丛边，安良里正翻身上马。两个武士从左右两边抓住马辔。

安良里跃到马上，又沿着来时的路折返。与此同时，松明的光芒消失了，街道又恢复了原来的黑暗。

八郎经过了安良里刚才所在的农舍。前方有马蹄声，但所幸马还没有开始奔跑。

八郎追上了那匹马，打招呼说："安良里小姐。"

马突然停住了。但是，前方黑暗中没有回音。

"您是安良里小姐吗？"

还是没有回音。

"我是左近八郎。"

这次，隔了一会儿有了回答。

"我不认识左近八郎。"确实是安良里清澈的声音，口中却如此说道。

"您不是安良里小姐吗？"

"我不知道什么安良里小姐。"

话音未落，一种尖锐的声音响起，划破了夜晚的寂静。好像是她把手指放进嘴里吹响的。

马蹄声突然响起。他无暇做出反应，眼睁睁看着马儿远去了。

八郎无法理解安良里为什么会在这里出现。

奸细！八郎想起了鬼头太在泷川河滩上说的话。奸细！也许他说的是对的。如果她是奸细的话，那她迄今为止所表现出的令人费解的言行就都说得通了。

但是，这怎么可能呢？也许是自己认错了人，也许刚才不是安良里。否则，安良里为何说不认识自己呢？

八郎狼狈不堪地走在丘陵半山腰崎岖难行的地方。下面的道路上有松明火把在移动。武士们嘴里喊着什么，声音时远时近。

但是，八郎没有感到任何恐怖，也没有感到自身的危险，他心里已被安良里占据。

如果自己暴露的话，就杀了对方！八郎突然感觉内心被一种不知缘由的凶残占据了。是哪里来的凶残呢？

八郎沿着丘陵回到了农舍的后门。然后从主屋旁边绕到偏居一隅的自己的房间。

"八郎先生，"美雪恰巧站在前院的角落里，"您去哪里了？"

"哪里也没去。"

"您打算逃跑吗？"

"我不会逃跑的。"

"衣服都打湿了！"美雪的手突然在八郎被夜露打湿的衣服上游走。

"要逃跑的话，一定请带上我。如果你要去城池的话，我也去。"

"我不去城池。"

"那么，您想去哪里呢？"

"我不知道。"

八郎重复着刚才貌似是安良里的女性说过的话，冷淡地回答。这时他感觉到美雪的两只手突然搭在自己肩上。接着，他听到了美雪趴在自己胸口啜泣的声音。

刚才占据八郎心灵的凶残的东西，此时伴随着某种寂寞如狂风大作。八郎搂住美雪的肩膀，然后慢慢施加力量。仿佛要把这份寂寞赶走——

"疼。"美雪小声说。

八郎松手后，放在八郎肩上的美雪的手反而大胆地向他的身体施加力量。

八郎突然抱起美雪的身体，从走廊走到了房间里。

"不要再离开我……"美雪在他怀里，断断续续地重复着同样的话。

进了房间，八郎眼前忽然浮现出安良里的身影。他的心瞬间凉了下来。

可是,"不要……"美雪的言语,纤弱的手的力道,香膏的味道和令人窒息的体香,很快就夺去了他的所有。

长筱城开始遭遇当晚第二次火箭攻击。

长枪

俵三藏特别厌烦秋天。无论是秋天的阳光，秋天的风，还是秋天的空气，他都厌烦。

视线所及的一切，都带着一股萧瑟凄凉的气息，让人心生寂寥。他自打记事起，就讨厌秋天这个玩意儿。特别是今年——天正元年（1573）的秋天格外无法忍受。

像往常一样，俵三藏正顶着肃杀的秋风赶路。

他们一行从远州的二俣城出发，不过七里路却花了七天。当然这条路沿着天龙川，确实是险阻之路，但即便如此，行进也堪称龟速。

"喂，大家休息吧！"

三藏向公主宣告了今日第十八次休息。

这次是在悬崖边上。眼前是天龙川干流与汇入天龙川的津具河的交汇处。沿着支流津具河继续行进，就会到达一个叫浦川的村落。

"好啦，大家休息啦！"公主立刻停住对大家说。

"大家别客气，休息吧！"她向身后的人打招呼。

权次、左助、九郎二郎、岩松、无名氏五人面有愠色地停下了脚步。

"这样的话，什么时候才能到信浓啊。得等到过年吧？"素来爱发牢骚的九郎二郎不耐烦地说。

他为了不被三藏和公主听到，嘴里像含着地瓜一样说话含糊不清。

"九郎！"公主的话间不容发地飘了过来，"你刚才说什么？"

"噢？"

"噢什么？可不能抱怨。"

"噢？"

然后，九郎二郎为了不被听到，嘟嘟囔囔地说："难道不是吗？谁让我们老大腿脚弱，非比寻常呢。"

公主的话径直飞过来："你说什么呢？"

"我什么也没说。"

"不能叫老大，要叫老爷！"

"嗳？"九郎二郎战战兢兢。真是不可思议，只要事关三藏，公主就变成了顺风耳。

公主刚才朝九郎二郎大呼小叫的，面对三藏立刻换了一副温柔的面孔："累了吧，三藏？又不是很急的旅行，你想休息几次就休息几次。"

无论何时，公主望向三藏的目光都是温柔的。可三藏没有回答。他素来沉默寡言，九月以来几乎没开过口。

"三藏，我能问你一个问题吗？"公主对保持缄默的三藏说。

"什么问题？"

"你为什么想去信浓？要办什么事吗？"

"没有。"

"不过，你既然想去，应该有什么事吧？"

"不知道。"

实际上，三藏也不知道自己为何想去信浓。他对信浓一国没什么概念，大概只是信步转向信浓而已。

在二俣城附近，他站在天龙川岸边，突发奇想顺着河水逆流而上，于是才向信浓出发的。至于水流在中途如何蜿蜒进入甲斐，偏离至三河，复又调转方向舞回远江，这些知识其实三藏都不掌握。

他想，一旦放弃武士事业，去哪里都无所谓了。错误的根源是自己被一个叫公主的女小偷搭救，又轻率地向她承诺不会逃跑。三藏已经自暴自弃。

"你不愿意说吗？不愿意说就不用说了，保持沉默吧，直到你想说的那天。"公主略显落寞地说。

"不过,我明白!你肯定是受够了德川大人,想投奔武田大人吧?"

"我可没那么想。"三藏愤愤地说。

"你就算说谎,我也明白。"公主笑了。她仿佛非常笃定自己的看法。

三藏不再回答,默默地站起身来。公主也跟着站了起来,权次、左助、九郎二郎、岩松、无名五个下属(用公主的话来说是五个家臣)都站了起来。

这种时候,三藏总是感觉厌烦至极。因为他们过于顺从地站起来,好像都要誓死追随一般。

悬崖上的路是下坡路,好像通往天龙川的河滩。三藏、公主,然后是五个下属,一行七人排成一列纵队,沿着羊肠小道往下走。

"喂,大家看,好像有人啊?"公主叫起来。

大家停下脚步。宽阔的山坡上,确实有黑点一样的东西在移动。黑点非常渺小,以至于不仔细看根本察觉不出,但仔细分辨的话能断定是人。

"一共五个人啊。"无名说。

"动手吗?"岩松弯曲上半身,用与生俱来的沙哑嗓音说。

"老大，我们去喽！"天生急性子的无名迫不及待地跑出去了。他并不是没有名字，但不知为何，大家都叫他无名。

"不能叫老大，要叫老爷！"公主在旁提醒道。

"三藏！"公主自己却直呼三藏名字，凸显二人的亲昵之情。

"三藏，那我们去了。"

"对方是武士还是町人？"

"我觉得是武士。"

"町人不行。武士的话就没办法了。那你们去吧。"

三藏迫于无奈勉强应承了，因为有七张嘴要吃饭。他们抢夺武士们的东西，然后在农家换来粮食。

三藏不会亲自动手，因为他不想沦落为盗贼，只是对此睁一只眼闭一只眼而已。

以九郎二郎为首，公主在其次，其他不擅实战的人成群结队地跟在后面。只过了一会儿，他们往下走到天龙川河滩的身影变得像豆粒一样大小。袭击者们在广阔的河滩上分散排列。

他们都在捡石头扔，似乎只擅长这个技能。受到袭击的人也有五六人，好像是从战争中逃亡的武士，坐在河滩上一动不动。要么受了重伤，要么是好几天没吃东西了。

公主勇敢地跳上前去攻击，可能被人挥刀相向，马上跑开，又从远处扔石头。石头投掷持续了一段时间后，袭击者们缩小了包围圈。可能是对方举手投降了。

三藏从眼前河滩上展开的小话剧上挪开视线，伸了个懒腰，连续打了两三个大大的哈欠，闭上了眼睛。

一睁开眼睛，就能看到白云在飘移。于是他又闭上了眼睛，眼前不由得浮现出美雪的面庞，他慌忙将这个念头抛开。他想：八郎那家伙真是幸运啊！不过那样也好！

俵三藏渐渐进入梦境。

"三藏，三藏！"公主晃醒了他。

"好多猎物呢！足够我们吃上四五天呢！大家接着去了河流下游的村落换粮食。喂，三藏，抱抱我！"

"现在还不行。"

三藏自打邂逅公主以来，每天都要多次重复这句话。约定归约定，但履行约定就可以不断往后拖延。

"讨厌，抱抱我！"

"现在还不行。"

"那么，总有一天。"

公主妥协了，用神魂颠倒的眼神望着三藏。越被拒绝，她就越痴迷三藏。

"是哪里的武士？"

"听说长筱城陷落了！"

"嗳？"三藏的身体原本摆成一个"大"字，现在一下子变形了。

得知长筱城陷落，三藏感慨万千。自己土生土长的小村庄再次遭遇战火，实在是一件悲伤的事。此事却屡屡发生。

长筱城经年累代归今川氏管辖。今川氏灭亡后，它被置于德川的势力范围。三藏成为足轻，迈出武士的第一步，就是在德川管辖的年代。

但是元龟二年（1571），它被武田大军攻击，城主菅沼正贞归顺武田。那时，三藏和左近八郎等人逃出了城堡。三藏是因为厌恶武田军队而逃离的。

仅三藏所知，长筱城就已三次易主，分别是今川、德川、武田。这一次又被德川攻陷了。

城主菅沼正贞怎样了呢？他一度投降武田，向德川开战，所以不会被德川宽恕吧？那座城堡里有山名鬼头太，还有很多同僚。宣称站在胜利一方而投奔武田的左近八郎，可能也在那座城堡里。

更重要的是，美雪近况如何呢？她侍奉菅沼正贞夫人，应该还在长筱城内吧？

"那些武士还在吗？"三藏问公主。

"应该还在河滩，他们哪里都去不了。"公主回答。

三藏让公主带着他下到河滩上。大小不一的石头遍布宽广的河滩。

"在哪里？"

"那里。"

他顺着公主所指的方向望去，确实有五个男人半裸着蹲在石头之间。白花花的秋日阳光洒落在男人们身上。

三藏近前问道："你们是从长筱城逃过来的吗？"

"是的。"

转过头来的是一个满脸络腮胡子的男人。铠甲被剥掉，上半身赤裸。

"给我饭，给我饭！"他严肃地说。

"饭？"

"她说给我们饭吃，我们才成了这个样子。"

"几天没吃东西了？"

"城池陷落后的半个月，都没有正儿八经地吃东西。打败仗后，农民就不管我们了。"

公主在旁说道："你不要贪心！要坚强一些！我刚才说了，只能给你们每人两合①，好吧？"

原来公主与他们约好每人给两合，才剥掉了他们的行头。

---

① 合为容量单位，一合是十分之一升。

"营沼正贞怎么样了?"三藏问。

一个年轻武士自暴自弃地仰卧在石头上,把脸转向三藏答道:"他逃走了,听说途中被杀了。"

"他夫人呢?"

"听说也被杀了!"然后,他喷嚏打个不停。

"哎呀,又来了新人!"这时公主说。

三藏顺着公主说话的方向,向河流下游望去。两个显然是逃亡武士的人走了过来,看起来疲惫不堪。

两个落魄武士走近前来,"哎呀"一声坐在石头上。一个是老人,一个是年轻人。

"给我们点吃的吧。"老武士说。

"少废话!快点脱光!我可不听你啰嗦。"

老武士闻言大吃一惊,欲要起身,冷不防被公主撞倒,一屁股坐到河滩上。

"睁大眼睛看看。大家不是都脱光了吗?你只要脱了行头,我就给你两合米!怎么样?如果你不答应,那就给你点颜色瞧瞧!"

"两合米?两合米?"

老武士还在口中念念有词的时候,年轻武士仿佛早已饥肠辘辘,说道:"来,拿去吧!说好两合米哦。"

他确认后，先把长短二刀撂在石头上，开始卸铠甲。

老武士脸上露出遗憾的神情，但过了一会儿也说道："在下也换二合米。"

说着，他也开始脱去铠甲。一旦下定决心，老武士反而动作更麻利，一转眼就半裸了。

"是从长筱逃亡过来的吗？"三藏将视线投向老武士瘦削的肩膀，问道。

"长筱？不是，是二俣。"

"哎呀，是别的地方啊？"公主说。

"二俣？二俣也打仗了吗？"三藏说。

"你居然一点风声也没听到？二俣城在半个月前也陷落了。"

二俣城也和长筱城一样，是武田的城池，城主是奥平美作。以前是德川的城，元龟三年（1572）十月被武田攻占，之后成为武田的一线城堡。

"被德川攻陷了吗？"

"不，城主奥平投降德川军了。所以我们这些从甲斐、信浓来的人倒了大霉，几乎全军覆灭。我们几个活下来已是万幸。"

长筱城和二俣城都落入德川之手，这对俵三藏来说简直无法想象。就在前不久，武田还所向披靡，如日中天。为什么会发生如此天翻地覆的变化？

"武田信玄怎么搞成这个样子！"

"你不知道吗？关于他早已死亡的传闻满天飞了！"

"死了，信玄死了？"

对俵三藏来说，虽然一代枭雄的死亡与己无关，但毕竟还是造成了很大的心理冲击。

"到底还是死了啊？"三藏说。

"三藏，千万不要气馁！如果信玄气数已尽，再投靠别的军队不就行了吗？"公主出言安慰。她始终以为三藏是因为仰慕信玄才前往信浓。

"哎呀，又来了。"公主说，"来了这么多啊。"

往下面看，逃亡武士三三两两，络绎不绝。不知是从长筱城还是二俣城过来的。

"妈呀，来了好多人啊！恕我们不接待了。"公主说。

这时，五个下属走下丘陵的悬崖过来了。每人都背着形形色色的货物。

"老大，走吧！"无名说。

"怎么又叫'老大'！"公主瞪着无名。

她又说："三藏，我们出发吧。"

"按约好的每人给二合。"三藏说。

"哎呀，你还真给啊？"公主尖叫起来，又转而眯起眼睛，"你这人可真好心眼啊！"看来她根本没把约定当回事。

九郎二郎似乎对分米一事非常不情不愿，挨个戳了戳武士们的脑袋，马马虎虎地分配了米。岩松把最后二人的铠甲绑在了米袋上。

三藏开始赶路。公主紧随其后，然后是五个下属。三藏心事重重，因为关于美雪的消息如巨石一般沉甸甸地压在他心头。

这一天里，主仆七人走走停停，一直沿着天龙川行进。天龙川的绿色水流拍打着岩石，溅起水花，在他们的视野中时隐时现。

当晚他们借宿在山鞍部的一个山间小屋里。公主像往常一样紧紧依偎着三藏进入梦乡。五个下属背对着三藏和公主，唯独九郎二郎不时把视线投向二人。每当这时公主都会拿眼去瞪九郎二郎。

之后一连五天都在下雨。他们不得不继续滞留在山间小屋里。

正好没米下锅的那天，天放晴了，他们又出发了。他们下了山又上山，还是没能找到村落。

"喂，你们看，有人来了！"那天越过第一个山口的时候，无名喊了起来。

"我们已经不需要刀和铠甲了,我们需要立马能吃的东西。"九郎二郎说。

三个小小的人影沿着他们走过的溪涧,顺着九曲十八弯的上坡路,向这边走来。

"一个是女人。跟在后面的两个像是老武士,步履蹒跚。"左助眼睛放光。

"不要对女人下手。"三藏吩咐道。

九郎二郎率先跑了出去。可是,他一去不复返。

"无名,你去!"

公主一声令下,无名也出去了。但是他的身影消失在杉树林中后,过了许久也没再回来。左助和岩松也飞奔出去。最后是权次。

奇怪的是,他们全都有去无回。公主和三藏坐在树根上翘首以盼。

"怎么回事?"三藏问。

"一直不回来也没关系嘛!正好咱们两个有时间单独相处了。"公主说。

"你去看看怎么回事!"

三藏这么一说,公主只好站了起来,脸上却是一副那帮家伙怎样都无所谓的神情。

"你非让我去的话,那我就去!"她恋恋不舍地离开三藏,"那我真的走啦。"

公主这样说着,就从下属们刚才走过的蜿蜒山坡上走了下去。

穿过道旁杉树,道路沿着溪谷拐了一个大弯。来到拐角处,公主停了下来。

她右边是竹林,左边是红土的悬崖。在竹林和悬崖中间的道路旁边,可以看到五个下属站在那里不停地砍竹子、扛竹子,勤勤恳恳地干活。

那个女人和两个老武士坐在路边的杉树桩上,对五个下属颐指气使。

公主怒气冲冲地走到他们面前,喝道:"你们怎么回事?"

"唔……"

九郎二郎正在可怜兮兮地砍竹子,闻言停下手来,把脸转向公主。

"怎么回事?"

公主直接忽视路旁的三人,站在九郎二郎旁边。

"九郎!"话音未落,九郎二郎的脸上挨了一记响亮的耳光。

"你在干什么啊!"

九郎二郎用眼睛瞟了瞟坐在路边的三人,"是这样的,公主走不动了!"

公主第一次把目光转向那个被九郎二郎称为公主的女人。她想,原来如此,这才是真正的公主。女人个子高挑,腰身纤细,好像一把就能握住。肤色比自己白皙,而且白得与众不同,带着一种透明的冰冷。

眼睛呢?她想到这里,就去看那双眼睛,忍不住打了个冷战,浑身瑟瑟发抖。

这时,女人的声音飞了过来:"退下!"

公主从未听过这样的声音,身体不听使唤地往后退了两三步。

恰在此时,一个物件飞了过来,擦着她的袖子过去了。原来是一把手里剑。

嗖!

这次是另一侧袖子在晃动。又是一把手里剑。

噗通!公主一屁股坐在地上。

"三藏!三藏!"公主发出了惨叫。

"闭嘴!不许说话!"

公主只好乖乖闭嘴。

"砍竹子,给安良里公主做轿子。"一位老武士发话了。

三藏睡意蒙眬，昏昏沉沉。背后是灌木丛覆盖的丘陵。尽管丘陵上面可能有风，但三藏所在的地方连小草都纹丝不动。午后慵懒的斜阳照在他身上，暖洋洋的，更是催人入睡。

三藏猛然回过神来，环顾四周，却发现一个人都不在。这才想起，刚才大家都出去了，居然一个都没回来！看来此事非同小可。

三藏站起来，拄着片刻也不曾离手的长枪，大步流星地走了起来。虽然他想跑，可脚底全是水泡，勉强能走路而已。

穿过道旁的杉树，看到一个很大的拐。在对面悬崖和竹林中间的道路旁边，有几个人在移动。

公主在！九郎二郎在！无名在！左助、岩松、权次他们都在！

三藏松了一口气。他原本一直把执着地追随自己的公主和五个部下视为累赘，从未想过自己对他们有什么呵护之情。此时看到他们平安无事，却不由得心花怒放，喜不自胜。这种心情对他自己来说也不可理喻。

大家都活着太好了！三藏喃喃自语地走了过去。

"三藏！"

他听到公主的尖叫声。公主紧接着又喊出一声："三……"这次声音戛然而止。

三藏到达现场后，一言不发地伫立在那儿，四下打量。在无名和左助的努力下，一张榻榻米大小、用藤蔓和竹子编织而成的扁平板面已初具雏形。

"那是什么？"这是从三藏嘴里冒出的第一句话。

"听说公主要用。"无名答道，他脸上失去了平日里的神采。

九郎二郎在砍竹枝。岩松和权次好像负责采集藤蔓，在悬崖的半山腰上哗啦哗啦地扒拉着灌木。公主脸色苍白，正在把一根根藤蔓切成一般长度。

公主仰望着三藏，眼神却很复杂。

"你们在干什么？"三藏好像也不是在跟某个特定的人说。

然后他瞥见了坐在路旁的安良里，心想：这个女人真讨厌。身份高贵，却从眼睛到鼻子、嘴角都充满傲慢。

"此乃武田大本营的安良里公主。"这时，一个年迈的武士走近三藏，用恫吓的口吻道。

"安良里？"

三藏没听说过。可那个名字回响在耳中，有些异样的感觉。

"安良里？你再说一遍。"三藏低沉地对老武士说。

"是安良里公主。她身份尊贵，在甲斐的武田大本营几乎无人不知无人不晓。"

老武士这么解释着，俨然把三藏当成了愚钝的野武士。三藏再次望了望那位所谓的高贵女子，是他根本不可能钟情的类型。

"喂，大家都走吧！"三藏说。

"无礼之徒！"老人喝道。

三藏却不吃这一套。

"是谁无礼？"三藏向前跨了一步，老武士后退了一步。

就在这时，安良里站了起来，"你要去哪里？如果要去信浓的话，还是说话谨慎些好。"

确实如安良里所说，若要踏入武田势力范围的话，就不应得罪武田有头有脸的人。但三藏只是信步而行。

"也许去信浓，也许不去。"三藏像往常那样含糊其词。

"说清楚！"

安良里的话刺痛了三藏。如果对方是男人的话，他会毫不客气地把她打趴下，但是因为对方不过是像玩具娃娃一样纤弱的女人，便强压着怒火。

"你要去哪里？"

"从天龙川逆流而上。到河流上游去。"

"天龙川?"

对方很吃惊的样子,"去那里干什么?"

"只是逆流而上而已。"

"说清楚!"安良里又说。

三藏怒火中烧,反倒一时无语,便准备离开安良里。

"公主,我们走!"他语气非常强硬。

公主抛开藤蔓站起来,惊恐地躲到虎背熊腰的三藏背后。

"三藏,真的可以走吗?"她向三藏窃窃私语。

然后她一边警惕着安良里,一边紧紧依偎着三藏离开了。三藏走了五十多米后扭头一看,只有无名跟上来了。

"其他人怎么不跟来?"三藏问。

"他们会陆续跟来的。他们没站起来。"无名一副郁郁寡欢的样子,似乎还沉浸在对安良里的恐惧中。

三藏依旧走走停停。在他们第若干次休憩的时候,看到坐在竹板上的安良里一行大摇大摆地走过去了。九郎二郎、岩松、权次、左助四人撑着那块竹板的四角。两个老武士侍立左右。

公主闪到三藏背后,目送着迄今为止她所见过的世界上最可怕的女人。

在偶遇安良里的第二天，三藏、公主和无名三人越过了信浓的国境。昨日不知隐身何处的天龙川，如今复又映入眼帘。虽然河面变窄，但是河流深邃，水流湍急，与前些天看到的天龙川截然不同。

一看到村落，无名和公主就去讨要食物。虽然不知道要进行怎样的交涉才能得到食物，但两人绝对不会空手而归。

"三藏，我们终于到信浓了。"

这是一条沿河的道路，刮着凉飕飕的风。

"这条河要流到哪里呢？"三藏说。

"你真想跟着这条河走吗？"

"你不愿意吗？"

"不，我愿意。但是你为什么要跟着河走呢？"

"我也不知道。"

"你真是与众不同。"

他确实是个奇怪的人，不过在公主眼里，却越发有魅力。就连安良里都没能碰他一根手指，他在公主心目中的形象愈发高大，把公主迷得神魂颠倒。

傍晚时分，天空落下了豆大的雨点。三人在山中发现了一个小佛堂，便决定在那儿过夜。

三更半夜，三藏被公主摇醒了。

"好像有贼！"公主说。

三藏听到瓢泼般的雨声中夹杂着佛堂外回廊上的脚步声。无名躺在公主对面，鼾声如雷。三藏没有放在心上，正要再次入睡。

这时，吱啦一声，佛堂的大门打开了。无名突然从睡梦中醒来，上前就是一刀。无名本就是个急性子，总是不分青红皂白地采取行动。

但是，无名的身体翻了个跟头，滚落到尚躺卧着的公主身上。

虽然不知对方是何来历，但公主上前死死地揪住对方。除了安良里以外，公主在这世上一无所惧。可她的身体也翻了个跟头，迎面飞向三藏。

周围伸手不见五指，三藏摸索着站了起来。

"谁？"对方率先发问。

三藏屏住呼吸，探听对方的呼吸。

"公主、无名，危险！让开！"

三藏打算移动到佛堂外，便贴着佛堂内的墙壁，一步一步向门口挪动。

他感觉到对方身上有股特别的杀气。

"是谁？报上名来！"三藏回敬道。

佛堂外下着瓢泼大雨。

三藏想伺机冲到佛堂外面去。因为出不去的话，就无法发挥长枪的优势。毕竟对方本领高强。外面飞溅的雨沫横冲直撞进佛堂里。

"来吧!"三藏叫了一声,翻了个身。

他右脚一踩环绕佛堂外的破旧湿漉的走廊,身体仿佛游泳一般在空中翻滚。

哗……雨水瞬间席卷了三藏的身体。

对方慢慢地从佛堂退到走廊,从走廊退到平地,杀气渐渐消退。

"请教尊姓大名!我与你何怨何仇,你要杀我?"对方的声音传来。

大雨滂沱中,那声音忽远忽近,飘忽不定地传到了三藏的耳朵里。——我们无怨无仇,只是无名径直起来斩杀闯入佛堂的不速之客而已。

"哦,哦……"三藏嘴里像含着地瓜。

三藏素来不善言辞,情急之下更是拙嘴笨舌。

"哦……"

然后他捻起长枪,一点点向对方逼近。因为如果他不逼近的话,对方反而会冷不丁地逼过来。

"是野武士,还是盗贼?报上名来!"对方的声音又在雨中飘忽而至。

"俵三藏!"三藏说完迅速往后撤。

那是激烈战斗开始的信号。锋利的大刀袭来，像是要把三藏缠裹起来。

"报上名来！"在急促的喘息中，三藏伺机向对方喊话。

三藏的问话又成了战斗的信号，对方不管三七二十一地砍了过来。

这是一种俨然邪灵附身的奋不顾身的斩法，带着一种荒谬的大胆。三藏感到后背冷汗直流。

对三藏来说，下雨和黑暗都是不利的环境。他一边挺起长枪，一边想：这要是一片明亮辽阔的原野该多好啊。

更有甚者，公主很快飞奔出来，加入乱斗。"三藏！""危险！""这家伙！""嘿！"等等，喊叫声杂乱无章。她好像打算以自己的方式与对方战斗，手里拿着什么武器，胡乱跑来跑去。

三藏使出吃奶的力气，把长枪刺了出去。被对方躲闪开后，他刹不住脚，继续往前跑了近两米的距离，撞在了什么东西上。

"三藏！是我！"地面响起了公主的叫声。

即便在这种情况下，公主呼唤三藏的声音仍然很温柔。

三藏斗红了眼，准备豁出命去。他想，要么我刺透对方胸膛，要么我被对方卸掉胳膊。

"嚯!"三藏不知第几次又提起长枪奔跑起来。

突然他被树根绊倒,身子翻了个跟头,重重地摔在地上。

对方抓住时机,踏步上前,刀锋凌厉地砍了过来。

三藏在地面上左右翻滚,然后一跃而起。

"来吧!"他吼道,但对方没有回应。

三藏大口喘气,架着长枪窥视前方。

"好像逃跑了。"右边传来公主的声音。

"逃跑了吗?"

"好像是。"

然后,"来吧!"公主的高亢声音响起。

但对方已了无声息。三藏耳边全是猛烈急促的雨声。

当他确认附近一片黑暗中已完全没有对方的气息,便就地扑通一声坐下了。

"三藏!"公主匍匐过来,手触摸到了三藏的膝盖。

"你没事吧?没有被砍到吧?"

"怎么可能被砍到?"

"太好了!"公主扑到他身上,"抱抱我!"

虽然三藏觉得眼下不是谈情说爱的时候,但是就这样抱着公主湿漉漉的身子。这是他第一次对公主感到怜惜之情。

"你没有受伤吧?"

"怎么可能受伤？那个畜生！"

公主爆了粗口，可还是温柔地用双手抚摸着三藏的身体。热烈的呼吸喷在三藏脸上。三藏的手主动抚摸着公主的身体。他抓住她冰冷的手臂，顺着手臂抚摸下去，碰到了一根粗圆木棍。

"你刚才抡的是这个？"

"是啊！"公主说。

然后，她使劲蹭着三藏淌着雨水的脸："别说话！都无所谓了！抱着我！"

这时，三藏想起了决斗者富有特色的凌厉刀法，突然觉得那可能是左近八郎。不过，从前的左近八郎不可能有这种杀气。而且，也不可能对自己怀有如此强烈的敌意。

"三藏，你在想什么？"

耳边传来了公主甜蜜的声音。这时三藏才注意到，公主在雨中用双手遮着自己的脑门不被淋到。

水闸

天正二年（1574）春天。

自长筱城被德川军用连夜的火箭阵攻陷以来，不知不觉半年已经过去了。

现在驻守长筱城的是日渐声誉鹊起的德川猛将奥平贞昌及其五百名部下。前城主菅沼正贞在长筱城沦陷后，投降德川军队，未获豁免，便只身逃到了凤来寺，之后杳无音讯。坊间对此众说纷纭，有人说他已落入德川的武士之手，有人说他被武田的武士绑架。

正贞的妻儿也随之销声匿迹。他的部下大部分被火箭射死，幸存者如鸟兽散。

永正五年（1508），菅沼元成建好这座城池之后，其子俊则、元贞、贞景、正贞及其子子孙孙都据守于此。菅沼氏作为"山家三方"之一雄踞一方。但是，到了菅沼正贞一代，菅沼氏被德川、武田两大势力玩弄于股掌之间，最终遭遇如今的悲惨变故。

长筱城内外已发生了天翻地覆的变化。附近村落的风土人情也悄然改变。人们口中一度夹杂着甲斐、信浓地区的语言和口音，可现今荡然无存。"德川大人"是人们最常挂在嘴边的词，对于武田则是到了连"武"字都被人讳莫如深的地步。

只有长筱城如故。幸运的是，它没有被猛烈的火箭攻击摧毁。在城下的人们眼中，古老的城楼沐浴在春天的阳光下，依旧雄伟壮丽。

在城门右边的马场上，山名鬼头太正仰卧在草丛里悠然自得地睡午觉，身体摆成一个"大"字。

他从悠长的睡眠中醒来，打了两三个大大的哈欠，机械地把视线投向了拴着几十匹马的马厩。看守马匹是他如今的职责。

无论是马场还是马厩，都能看到其他多位武士的身影。不过，鬼头太一个都不认识。这也是情理之中。菅沼正贞的部下中，只有他还留在这座城里。大家要么战死沙场，要么四散逃窜，要么投降后被斩首。

为何他现在还活着，而且在这里做着这种工作？别人说不清，他自己也说不清。

他觉得，一定是哪里搞错了，有重大的事情搞错了。

在城池陷落的当天，他在战乱中用石头来占卜是该向右还是向左逃跑，结果显示向右。然后他在逃跑的途中，被流矢射中失去了意识。等他醒来，已经躺卧在德川军的一群伤员中。后来，他虽然身份被揭穿，却被豁免了死罪，最终留在了这座城里。

"无论城主是否改变，一直坚守这里的唯独我一人吧？"

确实如此。无论这座城堡是属于德川的时候，还是属于武田的时候，还是再度落入德川之手的现在，一直不离不弃地在此城侍奉的只有山名鬼头太一人。

鬼头太听到附近有些动静，一个鲤鱼打挺，从马场的草丛里站起身来。

有两个像是向马场运送粮草的农民走了过来。鬼头太只要一看到农民，就会上前攀谈。

"喂，喂，跟你们打听点事。"

听到他大呼小叫的，两个农民都停下了脚步。

"你们是长筱城下的人吗？"

"是的。"

"你们认识一个叫美雪的人吗？她家原来在一个叫做大海的村落。"

"不认识。"

鬼头太复又躺回草丛。他在长筱城被德川军包围之前就和美雪分开了,从那以后就再也无缘碰面。

他当时劝她逃出城去,那么她应该是平安地逃出去了。但是,之后半年里,她在哪里做什么,就无从得知了。

其实在长筱城外几百米的地方设有多个检查站,可鬼头太被禁止去那里。既然他是这座城里唯一的投降者,就必须忍受这种不自由。这为他搜寻美雪的去向造成了不便。

他每天在马场百无聊赖地打发时间,但凡看到像村民一样的人,就会上前重复上述问题。

"你认识一个叫美雪的女人吗?"

傍晚,一位老婆婆经过他躺卧的地方时,鬼头太已数不清自己那天是第几次这样问了。

"美雪?是一位二十五六岁的女子吗?"

虽然老太婆态度冷淡,但听到这里,鬼头太顿时感到她温柔无比。

"是的。"

"好像是大海村哪一家的女儿吧?"

"是的。"

"如果是的话,她曾住在河对面一家农舍的偏院,但大约一个月前又不知去向了。"

"不知去向?"

"对!她藏匿了一位曾任菅沼大人家臣的武士。后来那个武士逃跑了，她便随他去了。"

"她怎么干出这种蠢事？"鬼头太激动地站了起来，"你再说一遍！"

老太婆被鬼头太凶神恶煞的样子吓得浑身发抖，恨不得立刻跑掉。

"你坐到这里，把你所知道的通通告诉我！"

老婆婆被迫坐到那里。

"那个武士叫什么名字？"

"我怎么会知道那些？"

"不会是左近八郎吧？那家伙不是在我手上变成了淹死鬼吗？"

"那我不就知道了。"

"你还知道什么？"

鬼头太从老婆婆口中打听出了美雪住过的河对面农舍的地址。

"好了，你回去吧！"

鬼头太嘴里这么说着，其实自己先她一步离开了。在他眼里，生机盎然的春日田野变成了一块日薄西山的扁平木板。

正当山名鬼头太打听到美雪去处的时候，美雪已到达信州诹访湖的岸边。

春光下湖面闪着粼粼波光。这幅美景映入美雪的眼帘，却显得别样凄凉。

她感慨自己竟然来到了这么遥远的地方。区区一介女子竟从长筱到达了诹访！如果让她重新来过的话，恐怕不会再有这股劲头了。

在天龙川源头的诹访湖岸，她与之前一直同行的六个三河商人分道扬镳。那六个同伴想去诹访神社参拜，就沿着湖边往左去了。但是，美雪竭力避免绕道，即便只增加一天的行程也不愿意。

现在距离武田大本营所在的甲斐的古府中（甲府）还有十几里的路程。虽然听说此后道路会比较平坦，但自己腿脚孱弱，不知要花上几天。美雪为了尽快到达目的地，不得不与热情的同伴们依依惜别，取道湖的右岸。

天色渐晚，春寒料峭，冷风袭人。只见湖的对岸层峦叠嶂，最远处的山上还顶着皑皑白雪。

她进入了一个只有十几户人家的小村落。

"请问这是什么地方？"美雪经过一户人家的门前时，看到一位老婆婆坐在廊上，就上前搭话。

"这里叫小坂，村里的人都是亲戚。"老婆婆回答。

"有旅馆吗？"

"我们这种小地方怎么会有旅馆啊。"

"我只是想找个投宿的地方,前面的村子里有吗?"

"前面的村子叫有贺,那儿也没有旅馆。与其去那里,倒不如去住这个村子的观音堂。"

"观音堂?"

"那可是一个非常不错的佛堂。不光是我们诹访本地人,甲斐的人都远道前来参拜。观音堂在离这里两百多米的山上,你住在那里就行了。"

"我一个人也能住吗?"

"你想多啦,很多人住那儿呢!"

听了老婆婆的话,美雪决定投宿观音堂。最重要的是有很多人借住那里,这无疑给她注入了一剂强心针。

她问清了路,沿着羊肠小道往山上走。五六个孩子正在路旁玩耍,看到她就停了下来,目不转睛地盯着看。

"前面有观音菩萨吧?"为慎重起见,美雪开口确认。

一个八九岁的女孩默默地点点头。

沿着那条路再往上走五十多米,拐了一个大弯。拐角处有一座小山门。上面挂有"龙王山"的匾额。她刚要穿过那扇门,忽然听到一个女子的声音:"等一下!你是要住宿吗?"

"是的。"

"今天不行,你回去吧!"

只闻其声,不见其人。

美雪环顾四周,又听到女子的声音响起:"赶紧走吧!"

这时,美雪看到一个女子坐在右侧悬崖边的灌木丛里,望着自己。

"我没找到住的地方,想在这里借住一晚。"

"不行,不可以,我刚才就把守在这里,把来投宿的人全都赶走了。"

"为什么不行呢?"

"我从今晚开始要连续许愿七天,不许任何人打扰。"

"我不会打扰你的。只要让我住一晚就可以了。"美雪说。

女子见她兀自叽叽喳喳地说个不休,忍不住下到了路上来。

"你真啰嗦!"

女子正值青春妙龄。可青春洋溢的脸瞬间变得狰狞起来,用男人般的语气粗鲁地叫嚷着:"叫你回去,你就回去!"

美雪不知道女子是否真有赶人走的权利,但还是只好向她求情。她已腿脚疲乏,再风餐露宿漂泊在外,实在是忐忑不安。

"我……"

"吵死啦!"

"我是从三河那边来的。"

"我管你从哪里来呢!"

"我住在观音堂外面也可以。"

"那也不行,观音菩萨会分心的!我可是要许下重要愿望的!"

说完,年轻女子直勾勾地盯着美雪的脸。

"你会写字吗?"她问。

"会。"

"是吗?"女子一时陷入沉思。

"如果会写字的话,你替我写字吧。"

"能让我住下吗?"

"只能在观音堂外面哦。"

"可以。"

美雪松了一口气。她想即便在观音堂外面,也可以躲避风霜雨露。

"跟我来!"

她乖乖地跟着女子去了观音堂。

在小山坡,有一个精致古朴的堂宇面向湖泊。女子走进堂里,然后从里面拿出了笔墨纸砚。

"我说你写。"语气比刚才稍微温柔了一些。

美雪坐在环绕堂宇的被雨打湿的廊子上,开始研墨。

"一,三藏决定在武田家做官。"

女子怎么说,美雪就怎么写。

"二,三藏对小姬温柔。"

美雪又照样写下,写完后看着女子的脸。女子正眺望远方,露出侧脸。顺着她的视线,美雪看到一望无际的湖面正渐渐融入春日薄暮中。

美雪觉得黄昏落日下望着湖面的女子很美。刚才她言语粗俗,态度恶劣,活脱脱一个可怕的夜叉。但是现在沉默不语地茫然望向远方时,侧脸却意外地美丽宁静。

但这种宁静仅仅持续了片刻,女子脸上又恢复了严厉的神情。

"都写完了?最后写上许愿人是公主!"

美雪都依言写上。

"辛苦了。"女子仅仅口头表达了感谢。

"这个观音菩萨真能实现我们的愿望吗?"美雪问。

"噢,谁知道呢?——你的愿望就不一定了。"公主瞪着美雪,好像在警告她不要节外生枝。

"你就睡在这廊子上吧。我在堂里闭关静修,你千万不能进来打扰！明白了吗？"

"明白了。"

美雪想，即便睡在廊子上，也能避免雨露侵扰。今晚的住宿场所算是有着落了，接下来要解决吃饭问题。

"附近哪里有可以提供食物的人家？"

"你怎么那么多事！"公主不耐烦地说。

美雪无可奈何，决定稍后再去村落的农舍寻觅晚饭，便坐在廊子上。她已是疲劳至极。

"那我进去了。"公主给美雪撂下这句话，打开堂门，进入里面。

过了一会儿，一个长相丑陋的三十五六岁的男人怒气冲冲地走了过来。是九郎二郎。

他来到堂前，看到美雪的身影，惊讶地站住，盯着美雪看了一会儿，问道："是否有一个与你年龄相仿的女人来过？"

"已经进去了。"美雪回答。

"已经进去了？"

他有点吃惊，嘴里嘟嘟囔囔地说着："真是愚蠢，什么都不会。"

"姐，我带饭来喽。"他向堂里呼喊。

里面没有回应。

"姐！姐！"九郎二郎继续喊了两三声。

吱啦一声，观音堂的门打开了，公主露出脸来，"吵死啦！闭上嘴，把饭放在那里！"

她正想再次关上门，九郎二郎赶紧说："刚才又来了两个从古府中来的武士。"

"又来了两个武田的武士？可那人还是固执地不答应。"

公主表情骤变，茫然地望向九郎二郎。

她再次关上堂门，回头瞥见美雪，便说："你代我闭关静修吧。"

"我会马上回来的，在这期间你替我待在佛堂里吧。"

"如果只是暂时的话，可以。"美雪不喜欢自己独身一人走进堂内。

"我马上就回来。你可以吃那些东西！"公主努了努下巴，意指九郎二郎拿来的包裹。

"你叫什么名字？"

"我叫美雪。"

"美雪？哼！"公主的回答多少有点轻蔑。

"你要回去吗？"九郎二郎在旁边问道。

"好不容易使者过来了，他再赶走的话怎么办？"公主忧心忡忡。

"哎呀，没用的。就算你再当回事，他也不想回去当武士。而且听说他很讨厌武田。"

"这正是他的过人之处。他一身本领，若派不上用场，岂不可惜？只是说话功夫他就能攻下一两座城池哩。"

"怎么会？"

"怎么不会？我想有朝一日亲眼看到三藏成为真正的老爷的威风模样。"

"不会成为老爷吧？"

"能不能成，谁说得准？"

"我觉得他成不了。"

"九郎！"

看到公主疾言厉色的样子，九郎二郎只好闭上嘴。但他还是老毛病，嘴里依旧嘟嘟囔囔："我觉得他成不了。"

"你还在说吗？"

"我没说。"九郎二郎这才真的闭口不言了。

二人离开后，美雪打开堂门。里面伸手不见五指。地板上铺着席子。她一屁股坐到席子上，几天旅途的疲劳一股脑儿向她袭来。

再过几天就能见到八郎了！这种想法成了现在的她唯一的支撑。但是，真的能见到吗？

一想到连个招呼都不打就抛下自己离开的左近八郎，美雪的心就变得沉重而阴郁。她想，如果有缘再见的话，我要寸步不离地守着他。因为她清楚地知道，离了八郎，自己就活不下去。

公主离开后过了约莫一个小时，美雪渐渐忘记了恐惧。带着对八郎的思慕，她在黑暗中纹丝不动。

肚子咕咕地叫了起来，美雪想去把放在走廊上的包裹拿进来，便站起身。这时，堂外响起了脚步声，美雪立刻停住，浑身紧绷。

"真的是叫美雪吗？"她听到一个男人的声音。

"你为什么对她如此上心？"这是公主的声音。

紧接着，堂门从外面被拉开了。

"出来吧！"公主的声音飞了进来。

美雪吓得手脚缩成一团，但还是顺从地走出了佛堂。

"太暗了，我看不清。"男人说。

"你是叫美雪吗？"

美雪感觉，这次男人明显是在问自己。但是她没吱声。

"如果叫美雪的话，你又要如何？你说啊！"公主的语气很是不满。

"别吵，我又不是在问你，你给我闭嘴！"

"你是叫美雪吗？"男子又问。

"是的。"

美雪感到男人在靠近她，然后一股可怕的力量抓住了她的双肩。这是一双大手，大得简直不像人类的手。

"你从哪里来？"

"长筱。"

"噢——"一种像是野兽呻吟的声音。

"家在长筱的哪里？"

"叫做大海的村子。"

"噢——"又是同样低吟的声音。美雪感到肩膀的骨头快要被捏碎了。

"你来干什么？"

"我来甲斐找人。"

"找谁？"

"一个叫左近八郎的人。"

"啊——"

对方一边沉吟着，一边从美雪的肩膀上撒手，向对面走去。眼前的那堵黑墙"唰"地一下挪开了。

这时美雪暗暗吃惊，心想：该不会是俵三藏吧？

"请问，是俵先生吗？"

"不，不是。"

可声音的确是俵三藏无疑。

"俵先生！"

"不，我不认识。"

"俵三藏先生!"

美雪在黑暗中追了两三步，不料撞到一个人。是公主。美雪的胳膊猛地被抓住了。

"你要是胆敢发出声音，有你好果子吃。"公主在她耳边低声喝道。

与此同时，剧烈的疼痛向美雪的右臂袭来。

"你要是发出声音，有你好果子吃。明白吗?"又是一阵警告。

新一轮剧痛袭击了美雪的右臂。美雪不由得发出惨叫。

"你在干什么?"从相隔四五米的黑暗中传来了三藏的声音。

"我什么都没做!"公主嘴上这么说，却把全身的力量积聚在指尖，狠狠掐美雪的胳膊。美雪因疼痛而几乎昏厥过去。公主的声音像是从遥远的地方传来。

"只要有女人跟三藏说话，我都这样对待她们!"

"是美雪啊? 真是好久不见。"俵三藏走近前来，清楚地说道。

美雪仍然被公主抓住胳膊。只要她一回答，就会被掐，所以只能保持缄默。三藏也许是从美雪的沉默里嗅出了异样的气息，大步走了过来。

"公主!"三藏喊道。

"怎么了，三藏?"

虽然公主声音温柔，但是绝不从美雪的胳膊上放手。三藏只得把公主的手从美雪胳膊上拉开。

"不得无礼!"

"可是……"

公主被迫松开掐着美雪的手，站在夜霭之中。

"你不是和左近八郎一起生活吗?"三藏问美雪。

"我们一起生活过。"

"那你们为什么分开了?"

"我被甩了。"

"被甩了?"

"是的。"

"被甩了?"三藏的音量陡然提高。他的手蓦地像刚才一样抓住美雪的肩膀，用力摇晃着。

"为什么被甩?"

"他临走前留下一封信，让我对他死心。从他平素的话来看，他可能移情于一个叫安良里的女人，那女人在武田军队里身份很尊贵。"

"安良里?"

三藏眼前浮现出那个目中无人地使唤九郎二郎等四人近十天的傲慢女人的脸。

"八郎去了那个叫安良里的女人那里吗？"

"我想是的。"

"他现在在哪里？"

"我想可能在武田大人的城下、古府中的街区。"

"那你去找就可以啦。"他徐徐说道，又扭头对公主说，"公主，今晚就让她住下吧。要好好待她！"

公主知道美雪和三藏没有男女关系后，立刻变得温柔无比。

"到我家来吧！我也不必再待在这里了。"

然后她甜蜜地喊道："是吧，三藏？"

她对美雪说："他明天开始就是武田大人的武士了。他终于下定决心要去军队任职了。"

"我反悔了！我还是像从前一样，在这里看守水闸吧！"三藏说。

美雪这时忆起，白天看到天龙川从诹访湖流出，河口有个水闸，水闸旁边有个小屋。原来三藏就在那里看守呢。

"我坚决不去武田军任职！无论发生什么，我都不会去武田军任职。"

说完，三藏低沉粗犷的笑声持续了一会儿。里面包含一种令公主和美雪毛骨悚然的不可名状之物。

天正三年

从天正二年到三年（1574—1575）春天，左近八郎一直在持续战斗。

天正二年春天，八郎一心想到安良里手下工作，不惜在长筱城外农舍的偏院抛下美雪，只身来到武田氏宅邸所在的古府中，才如愿以偿见到了安良里。此后他被分配到马场美浓守的部队中，每天都在四处作战。

五月，攻占高天城战斗打响的时候，八郎加入了穴山信君的支援部队。七月高天城陷落后，八郎在那里驻守了一些时日，随后被派去攻打浜松城。在这场战斗中，武田军与德川军未能决出胜负，武田军中途收兵，隔着天龙川与德川军对峙。八郎被调派到凤来寺的阵地上，从事堡垒修建工作，倚仗堡垒与德川军进行了多次小规模战斗，秋天就这样悄无声息地过去了。

在此期间，八郎与安良里见了三次面。安良里总是在意想不到的时候，出现在意想不到的地方，正应了"神出鬼没"这个成语。

第三次见面是在凤来寺的阵地上。

那是一个细雨蒙蒙的下午,左近八郎被上司点名叫到部队的哨所,不料看到安良里站在那里。

"接下来你回到古府中,直接效忠马场美浓守大人。一定要忠心勤勉!"她言简意赅地对他说了这番话。

于是,天正三年二月,左近八郎离开部队,只身一人回到了古府中。无论是攻打高天城的战斗,还是浜松城战场,以及在凤来寺阵地的多次交战,八郎都立下了汗马功劳,战绩显赫。因此他的提拔速度也是非常神速的。

八郎到达古府中城下的那天,遵照安良里的吩咐,先去了一个叫正念寺的小寺院拜访她。

安良里端坐在寺庙僻静处的一个房间里,从廊子上可以清楚地看到白雪皑皑的甲斐群山。

"你累了吧?"

安良里的表情与两年前二人在野田城的幽深庭院里第一次见面时一模一样,丝毫未改。狭长的眼睛冷冰冰的,深不见底。

"是!"说着,八郎恭敬地低下了头。

"从胜赖大人的火爆脾气来看,今年一场大规模战斗在所难免,希望你能获得出色的功绩。"

"是!"

"明天我会把你带到马场美浓守大人面前,如果大人让你提要求的话,你就说希望去火枪队。"

"火枪队?"八郎抬起头来。因为他对火枪一无所知。

安良里仿佛早就看透了他的内心:"如果去火枪队的话,就能当上一个头目。因为谁也不会选它——"

然后安良里笑了,那是一种像往常一样意味深长、使八郎意乱神迷的笑。

左近八郎按照安良里的指示,在主君马场美浓守面前,表达了希望去火枪队的要求,八郎的这个请求似乎让在场的重臣们大吃一惊。

"这个需要时间商讨,所以请耐心等候。"一位上司这样说。

于是八郎退下了。马场美浓守当场一言未发,在武田的大本营中举足轻重的知名武将都惜字如金,不过个个目光如炬。

几天后,左近八郎接到了自己负责火枪队编制的通知,还被赐予一座紧挨着武田氏宅邸的小巧的武士院落。

左近八郎一下子变得忙碌起来。他听从安良里建议,提出想参与火枪队,可做梦也没想到就连编制火枪队的工作也会落到自己头上。

八郎乔迁新居的那天,安良里也来了。她让随从在门口等候,独自沿着中庭向里面的房间走去。

八郎在廊子上拱手迎候安良里。

"好漂亮的房子啊!左近八郎已经不是从前的八郎了。"

安良里在院子里四处转悠了一会儿,"好粗的榉树啊!"

她仰望着那棵大叶榉树的树梢,视线停留在高高的天空,继续说道:"你今后的工作是,首先调查武田军有多少支火枪,甲斐四郡就不用说了,派人去信浓一带的武田各部队了解枪支总数。不这样就没法编制火枪队吧?"

"是!"

"即使屈指可数,那也要知道枪支总数,这是所有工作的基础。然后把调查结果直接向马场美浓守大人汇报,提出枪队编制的意见就好了。"

"您说提意见——"

"你没有意见吗?"

八郎觉察出她语调中包含轻微的轻蔑,便说道:"我不能做敷衍的汇报。"

"不管是不是敷衍,反正现在谁都不懂火枪,不是吗?所谓提意见,就是想说什么说什么!不需要顾虑任何人。"

事实确实如此,不过八郎还是为安良里的胆魄所震惊。

他正要张嘴说话，安良里却已经从廊子上站了起来。

"好粗的榉树啊！"她重复了这句话，静静地踩着飞石离开了。

第二天，八郎去正念寺拜访安良里，不料安良里一大早出发去信浓了。八郎向正念寺的住持打听安良里的身份，住持也一脸懵懂，"可能是马场美浓守大人的庶出公主吧？"

八郎打算首先了解武田各部队的火枪和火枪手数量，安良里的建议对他的工作指明了方向。

八郎随后向上司禀报了自己的想法，得以分到了二十多名部下。然后他派遣部下们去甲斐和信浓的每个城做调查。每个部下都持有马场美浓守亲笔签名的书信。

三月初部下们全部返回，调查结果表明无论是火枪数量，还是能使用火枪的武士数量，都寥寥无几。

八郎马不停蹄地汇报给上司，强调了将所有火枪手编成一支部队并实施特殊训练的必要性。

当晚，上司来他家拜访。一到屋里就说道："枪支总数你没有泄露给任何人吧？"

"只有我一个人知道。"

"你不可对任何人提起。"

掌握一支部队的枪支数量，尚不算什么大不了的事，但全军枪支总数就是至上的军队机密。

"关于火枪队的事,老爷也特别关心。他跟我说了慰劳的话,说这次要重重犒赏你。"

上司郑重其事地告诉八郎。他所说的老爷,正是马场美浓守。

三天后,八郎被召到马场美浓守面前,受赐一把短刀。八郎有生以来第一次自信爆满,仿佛面前是一条宽广明亮的康庄大道。

八郎想尽快将这份喜悦传达给在自己人生低谷期一直都在提拔自己的安良里。回家的路上尽管大雪纷飞,但八郎感觉不到寒冷,反而热血沸腾。

一进家门,部下就迎了出来:"安良里公主在等您。"

八郎很意外,但是很高兴。

安良里还是像之前一样坐在廊子上。

"您什么时候回来的?"八郎恭敬地垂首道。

"刚回来。"

"那您马上就到这里来了啊。"

"老爷刚刚夸奖你了吧?"

"是!"

一切在安良里眼里似乎是透明的。

"我想说声恭喜,就特意过来找你。"说到这里,安良里马上站了起来。

八郎把安良里送到门口，怔了好大一会儿，却不知所措。他怀着对安良里的思慕之情，坐在安良里坐过的廊子上久久不肯离开。

夜深人静的古府中小镇上，响起了紧急召集的军鼓。

八郎急忙赶往武田居馆附近的哨所，身前身后全是一群匆匆忙忙赶往哨所的武士。

"又要打仗了，真受不了。"

"打仗没完没了的，我们武士累不说，农民的不满也会越积越多。"

走在前面的武士们不满地诉说。事实上，家臣的上层和下层中都有人对年轻的胜赖穷兵黩武的做法持有不满情绪。武士们为战争奔波而精疲力竭，农民们为战争负担而叫苦不迭。相对于前统帅信玄张弛有度的战法，胜赖的做法很不得人心。

去了哨所一看，果然是要打仗。大家被告知，近期要出兵东三河，武士们需要在一两日内完成出征准备。

八郎出了哨所，发现天已经完全黑了，繁星闪烁。

武士们成群结队地走下武田宅邸前的缓坡，没有人再交谈。左近八郎夹杂在这些武士中间，急急忙忙地回到家。他感觉到一种不祥的气氛，完全不同于往常接到出征命令之后那种兴奋的感觉。

八郎穿过家门，看到进门的地方有一个人影。

"是谁?"八郎问道。

"是我。"对方立刻回答。显然是安良里的声音。

"这，这，大晚上的——"

在八郎眼中，黑暗的一角骤然变得华丽而明亮。

"突然有件事想问你，所以我过来了。"安良里伫立在那里。

"这边请!"

八郎想带她去玄关，对方却说："从中庭那边进去吧。"

就这样，八郎走在前面留心看着脚下，把地上的飞石一块一块地捡起来。

"夜深了，在这里说就可以。"中途安良里说，"我想问的，并非其他，而是武田军的火器数量一共有多少?"

"是!"八郎只是应了一句，没有马上回答。

"火器有多少?还有枪手数量呢?"

"是!"八郎感到身体在微微颤抖。

"没关系，就在这里吧。只要告诉我这些就行了!"

安良里站在离八郎不到一米的地方。八郎蹲在原地，一只手抓住飞石，抬头仰望站立在黑暗中的安良里。

这时，一阵战栗从他身上疾驰而过。

"火器数量是——"八郎欲言又止。他浑身一个激灵，脑海里闪现出山名鬼头太说的"奸细"一词。

八郎缄默不言，安良里感到非常惊讶。

"你为什么不回答？"她语调已经非常愤怒。

"现在，详细的数字——"八郎说到这里就噤若寒蝉。

"你是说你忘了吗？"

"是！"

"到明亮的地方来！"安良里的声音振聋发聩。

她站在前面，八郎紧随其后。到了廊子附近，只开着一扇的木板隔窗里透出灯光。

"请进来吧！"主客都颠倒了。

八郎坐在廊子上的时候，安良里已经坐到了房间的正中。她娇嫩的肩膀有意无意地耸起，目光严厉。

"有文件吗？有的话，就拿到这里来！"

八郎低着头，一动不动地忍着想要站起来的冲动。

"八郎！"

八郎听到声音抬起头。

"可以拿来吗？"

八郎感到她狭长的眼睛灼热地注视着自己额头。

"您想掌握火器和枪手的数量,是要做什么?"八郎战战兢兢地问。

"闭嘴!不必多问。叫你拿来就拿来!如果你不拿来——"

"您就做什么?"

"就要你的命。"她声色俱厉。

然后她稍微缓和了一下语气,"左近八郎,你为何不听我的命令?你忘了在野田城的后院你要放弃生命的时候是我救了你吗?你想想是谁把你提拔到如今的地位?"

"您的大恩大德,我一刻也没有忘记。"

"为了我,献出生命也是应该的。"

"我明白。"

"既然如此,为什么不听我的命令呢?"

"因为事关武田军队的机密。"

"你既然知道军队机密,为何不能告诉我?"

"上司要求我不能对任何人说。"

"我安良里另当别论。我可以自由出入武田的大本营!"

安良里这样说完,见八郎仍然不予回应,于是第三次调整语调,又换上了严厉的口气。

"八郎!"她呼唤着他的名字,"请回答我。"

"是!"

"你已经选择站在胜利一方！放心，我决不会做坏事的。告诉我，武田全军的枪支和枪手数量到底有多少？"

"我不能说。"八郎缓缓地抬起头说。他感觉自己脸色一下子变得煞白。

他第一次意识到，原来自己为了武田舍弃性命的心志已如此根深蒂固。

最初在野田城，他听从安良里的话，单纯地怀着"站在胜利一方"的心情，来侍奉武田。但是，两年的从军生活改变了他的初衷。而且，他在从军期间见过胜赖两三次，感觉并不讨厌，他反倒莫名地喜欢这个意气用事、有点一根筋的年轻武士。

其他武士出于对已故信玄的仰慕，全都不约而同地对胜赖抱有不信任感，但八郎不熟悉信玄，反而更欣赏胜赖的年少轻狂，尽管这往往被视为胜赖的缺点。

安良里站了起来。

"你不听命令，也不站在胜利一边。八郎，你决意如此吗？"

"是！"说着，八郎突然猛地把身体向右一转，只见一枚手里剑擦肩而过，跌落他背后。

"八郎！"安良里走近两三步说，"你是说手里剑也不能让你开口吗？"

"是!"

短暂的沉默。

之后,八郎觉察到安良里的一只手搭到了自己肩上,便径直抓住了那只手,因为他觉得她肯定手握短刀。

结果,安良里宛若柔荑的手里什么都没握,那只手就一动不动地被八郎抓着。

八郎吃了一惊,赶紧放开了手。

"你为什么不听我的命令?"下一秒,安良里的身体倚靠在八郎身上。

"八郎!"是出乎意料的热情温柔的声音。

八郎推开安良里的上半身,端详着她的面庞。她的面庞已无血色,唯有热情的双眼紧盯八郎的眼睛。

"八郎!"低柔的声音再次抚摸着八郎的心房,八郎不知不觉把手搭在了安良里身上。

就在这时,"啪"的一声,不知什么东西被投掷出去,灯火熄灭了。八郎抱着安良里的身体躺到榻榻米上。安良里的手缠绕在八郎脖子上,脸像孩子一样蹭着八郎的胸口。

"安良里公主!"八郎叫道,却听不到回答。

八郎感受到安良里那纤细的身体在微微颤抖。

手在颤抖,脚也在颤抖,纤细的身体都在颤抖。

八郎坐起身来,抱着安良里站了起来,安良里像没有意识的人偶一样顺从。

接着,八郎在黑暗中摸索着打开了旁边房间的隔扇。一会儿,安良里口中发出"啊!"的轻声呼喊,缠绕在八郎脖子上的手加大了力道。

第二天,左近八郎从酣睡中醒来,清晨的阳光若隐若现地从门缝照进房间里。

安良里仍在熟睡。八郎怎么也没想到,躺在自己身边的女子就是从前那个高冷不可侵犯的安良里。眼前似乎不过是一个十分纤细的人偶,睡梦中更显得弱不禁风,一碰即碎。

她像凝脂一样白皙的手放在胸前。这只纤细的手,当真是朝自己两次投掷手里剑的那只手吗?

她两片嘴唇轻微地一张一翕,均匀地呼吸着。那咄咄逼人的话语真的是从这两片嘴唇之间发出的吗?

这些对八郎来说都难以置信。但是,安良里如今静静地躺在身边,这不是梦幻,而是不争的事实。

"八郎!"她朱唇轻启,紧闭的双眼缓缓睁开。

安良里脸上露出前所未有的温柔,白皙的手又立刻遮住了脸。这些姿态让八郎见识了她女人味的一面,不禁有缥缈恍惚之感。

"八郎!"安良里小声在他耳边低语,"火器数量是多少？"

一下子，八郎仿佛浑身被泼了一瓢冷水，有股一跃而起的冲动。

"火器数量是多少？"安良里的声音再次响起。

没错，确实是安良里的声音，真真切切。她两只手缠绕在八郎的脖子上。

"告诉我，火器数量是多少？枪手呢？到底有多少？"

声音低柔，几不可闻，仿佛微风一样细细碎碎地传入他耳中。

"你这样做就是为了问这个吗？"八郎情绪激动。

安良里没有直接回答，反问道："难道你不能说吗？"

两人都保持冰冷的沉默。八郎突然觉得安良里的身体被隔到了遥不可及的远方。

"如果你不能说就算了，如果能说，我想知道。"

在微弱的晨曦中，安良里面部朝上，轻轻地闭着眼睛。

"我被禁止透露给任何人。"八郎说。

屈辱、愤怒和悲哀混杂在一起的情绪，慢慢涌上了他的心头。他想，无论发生什么事，我都决不会对安良里泄密。

"武田有那么重要吗？比我还重要？"

"为了武田，我可以舍弃生命。"

"你不能为了我舍弃吗？"与此同时，安良里口中发出了短促绝望的叹息声。

"你是为了取得武田军的机密——"八郎试探地说。

"如果你这么想的话,也不是不可以。"安良里起身。

这时她的脸已变回了从前的上司安良里公主的脸,没有丝毫波动,平静又坚决,让八郎感觉近在咫尺,却远在天涯。

"你可能已经知道了一切,我来亲自告诉你吧。我是三河豪族榊山正监的女儿,我家满门都被武田家所灭,连城池都被夺去。只有年幼的我,被武田一个有情有义的武将收留,带到甲斐,在那里长大。"

"那个救了你的武将是谁?"

"我不能说。那个武将已经去世了。在甲斐国无人知晓我身世的秘密,除了你。"

"你为什么会获得如今的权势呢?"

"即便是女人,只要有那个心志,就能做到。"

"您有什么心志?"八郎不由得想起身。

"不可起身!"安良里异常坚决。

然后她打开隔扇,到旁边房间去了。

随后周围一片寂静,正当八郎对安良里的话匪夷所思的时候,他听到踏着飞石的脚步声,马上就站了起来。

他打开房间隔扇,发现安良里不在。只见那个房间的木板隔窗已被打开,院子里翠绿欲滴的灌木丛映入眼帘。

他走到廊子上向院子里张望,安良里早已不见踪影。他想,刚才的脚步声应该是她走出院子的声音吧。

低头一看,自己的鞋子整齐地摆放在廊子旁边的石头上。八郎弯腰坐到廊子上,呆呆地出神。若是安良里对他有一丝丝爱情,那只能靠鞋子摆在石头上这一个小小举动来推断了。

八郎吃完早饭后,去了安良里的住所,就是之前去过两次的寺庙。

"公主今天早上一回来,马上就出发了。"年迈的住持回答。

"出发去了哪里?"

"我不知道。她从不告诉我目的地。"

"今天会回来吗?"

"她告诉我一两个月都不回来了。"

"一两个月?"

八郎感到绝望。他想安良里恐怕再也不会出现在这里了。既然她奸细的身份已经暴露,就不会再出现在古府中的城下了。

八郎在寺院伫立良久。哪怕一次也好,好想再见到安良里啊!

"听说又要打仗了。"

听到住持的声音，八郎才回过神来。

"打仗！打仗！"他嘴里呢喃着。

现在，似乎只有赌上生死的战场，是唯一能抓住他心的东西。八郎静静地压抑着体内忽然涌来的想要杀人的冲动。

从寺庙回来的路上经过城下，发现街上十分喧闹，武士和町人都来往匆忙，他露出比平素凶狠的目光行走其中。

在八郎与安良里共度良宵后的第三天，武田军举全军之力向骏河进发。据说武田军要沿着富士川挥师南下，进军骏河，然后攻打东三河。

八郎跟随在绵延不绝的部队末尾，一百多名火枪手被集中编为一支部队。今后，随着从后面赶来的部队和前方数支部队的陆续汇入，火枪手人数会逐渐增加，最终达到现在的好几倍。不过即便如此，数量也是有限的。

"听说这次作战可能会非常艰苦，恐怕我们年内都回不了甲斐喽。"

"据说胜赖大人对着法性院大人的头盔发了誓：无论牺牲多少人，都要和德川军主力一决雌雄。"

伴随些许不安，上述言语在行进的各部队武士们中间流传。

八郎也感觉这次的作战规模与以前不可同日而语。驻扎在甲斐和信浓各城砦的部队正在陆续与本队会合，从这些征兆都能推断作战规模之大。

八郎只想要上阵厮杀，无论去哪个战场都无所谓。在行军开始后的第一个宿营地，左近八郎被马场部队的上司叫去。

"你知道安良里公主的行踪吗？"他接受了这样的讯问。

"我不知道。"八郎回答，但无法掩饰内心的不安。

八郎被释放回来，没有被追究。但是很快，安良里公主是德川方面奸细的传闻在武士们中间广为流传。既然传播开来，那应该是已有确切凭据。武士们口口声声说着"安良里"或"安良里公主"，既有人认识她，也有人跟她素不相识。

翌日离开宿营地的时候，八郎又一次被叫去，也是被当即释放了。两年来八郎转战各地的功绩，似乎洗刷了他身上所有的可疑之处。

据说，敌方火箭攻占长筱城等，武田军屡屡战败，都离不开奸细安良里公主的功劳。但是，八郎无法从上司们的话中推测出，为何安良里能自由出入武田军的大本营。

"她已经被捕了吗？"八郎试探着问一位脸熟的上司。

"她可不是那么容易被抓住的。"

八郎闻言长长地舒了一口气。这一天，他在马背上摇晃着前进，眼前却多次浮现出那双整齐地码在庭院石头上的鞋子。

石头占卜

武田胜赖从骏河挥师西进，入驻远州，然后继续向西，入侵三河。天正三年（1575）五月六日，武田军在吉田（丰桥）城外的二连木放了一把火。

武田、德川两军连日激战，呈胶着之势。可是，就在八日午后，武田军突然矛头一转，向相距七里的长筱城挺进。

长筱城的将士们其实早有心理准备。此城原本属于德川，之后落入武田手中，前年复被德川夺回。武田迟早会起兵试图从德川手中重新拿下此城，也在意料之中。

就为长筱这座区区小城，武田和德川两军即将第三次展开激战。

城主奥平贞昌向城内将士发出如下公告：

"吉田城的德川大本营的部队正等待织田援军的到来，誓与敌军决一死战。在此之前，我们长筱城将士的任务是正面迎敌，守护这座城。我们哪怕全员战死沙场，也决不让敌人踏进城堡一步……"

事实上，目前情况也确实如这则公告所说，德川军正等待织田援军的到来，欲要迎击武田的大军。

读了这则公告，山名鬼头太露出愤懑的神情，心想：这座城真是可恶啊！

他的心情也不难理解，因为他曾一连两次为守护这座城而战斗，两次却都一败涂地。而且，他本人与此城同病相怜，短短几年时间，在德川和武田之间兜兜转转。

"我已经厌倦了！"鬼头太打心底这么想。

有其二就有其三。这次也一定会输的！

"嘿！"他发出这样的声音，摊开手掌。

这是在城门旁。

"你在做什么？"身旁一个武士问。

鬼头太也不理睬，一脸愤愤不平，骨碌碌的大眼睛瞪着手掌上的小石头。

"果然不出所料。"

鬼头太从摩肩擦踵的武士们中间走了出去。他要弃城而去。

鬼头太大剌剌地出了城，向北面走去。他刚走出一百多米，又突然停了下来。

"嘿——！"地一声，又打开手掌。

手掌上的石头还是露出了背面。他占卜的是该留在这座城里还是逃跑。占卜了两次，两次都说应该逃跑。他想，不能再磨蹭了。

"你要去哪里？"有人问道。

"我爱去哪里就去哪里！"他心里暗说，却默不作答，大摇大摆地走了。

"喂，你去哪里？"声音追上来了。

山名鬼头太扭头恶狠狠地瞪了他一眼，压根没有放在心上。由于鬼头太的态度堂堂正正，对方虽然开口询问，但做梦也想不到是逃兵。

"喂！"

第三次被吼叫的时候，鬼头太大大方方地向那个方向走去，出其不意地抬起右手，打了那个武士一记耳光。

然后，他又原路返回离开了。

被打的武士完全摸不着头脑，便不再吱声。鬼头太继续大摇大摆地走在起伏不断的平原上。一到丘陵，他全身都暴露其上，一到低地就隐身其中。

山名鬼头太一无所惧。虽然他现在正弃城而逃，但是完全没有感到自己是在逃跑。连逃跑都变得愚蠢。

"兜兜转转，我已经厌烦透顶！"

他对自己的宿命感到厌烦，对长篠城的命运也感到厌烦，从德川到武田，又到德川，这次可能又要翻转一次，再次被武田收入囊中。

"喂！"突然，他听到一个女人的声音，"你是武田大人的武士，还是德川大人的武士？"

"狗拿耗子多管闲事！就算我说是武田的，你又待如何！"鬼头太都没正眼看对方一眼，就回答道。

"一副牛气哄哄的口气，看样子是武田的吧？"

"那又怎样？"

"不要装腔作势！如果是武田的武士的话，我立刻就绑了你！"

鬼头太吓了一跳，这才抬起头来，发现眼前站着一个美丽的年轻女人。装束奇特，既不像城下的人，也不像农民。

这时，女人把两只手指放进嘴里。"啾！"嘹亮的口哨声响起。

"这是什么？"

"是信号啊。"

"什么信号？"

"别傻了，肯定是抓你的信号啊。"说完女人就飞奔起来。

山名鬼头太起初以为对方不过是绣花枕头，中看不中用，但事实证明他完全失算了。"嗖"的一声，一块石头落到他肩膀附近。这是袭击的开始。右边飞来一块,左边掷来一块,然后就石如雨下了。

石头直接砸到了鬼头太头上。他被砸得晕头转向,找不着北,只好举起一只手护住头部,于是石头又噼里啪啦砸在那只手上。之后全身上下也频频中招。

于是鬼头太双手抱住脑袋,蹲了下来。

鬼头太根本找不到其他防御办法,又抱住脑袋趴在地上。冷不防脑袋被一根粗圆木似的东西击中,嗡嗡作响,眼冒金星。

最后,他被揪住领口拽了起来。双手拧到背上绑起,绳子密密麻麻地缠了好几层。

令他吃惊的是,眨眼工夫自己已毫无抵抗力可言。只剩下脖子还是自由的,便低头环顾身体,发现自己已被五花大绑,像粽子一般。

"站起来!"是刚才的女人——公主的声音。

他抬起头,看到五个长相猥琐、好似野武士的男人站在那里。一个个都是一副连如何耍刀都不知道的窝囊神情。他一阵憋屈,我怎么会被这帮家伙干脆利落地拿下了呢?

"让你站起来,你就站起来!"公主又说。

"你想干什么?"鬼头太问。

"你闭嘴,照我说的做!不站起来?无名,揍他!"

他脸上立刻挨了好几个响亮的耳光。

"够了吗?"无名中途停了手,问道。

鬼头太站起来:"你们到底要带我去哪里?为何绑我?"

"少啰嗦!我们要去德川大人那里做官,把你当礼物带去。"

"等一下!我不是武田的武士。我是德川的,长筱城的——"鬼头太着急忙慌地解释。但是对方根本不信。

"你说什么?刚才不是说是武田的武士吗?"

"那是骗人的,是胡说八道的!"

"真啰嗦!哪边的都无所谓了。赶紧走!"

鬼头太无可奈何,只好跟他们走了。

他们行了将近一里路,来到了一个位于清澈小河边的小村落。这条小河好像是天龙川的支流。他们穿过村落开始爬山,没走多久就来到一户农舍前面。

"就是这里!"

无名一说完,仿佛以此为信号般,突然又"啪"的一声打了鬼头太的脸颊。

"别再打了,他现在挺老实的。"公主阻止道。

"我一看到这家伙,就想暴揍他一顿。"

"你最近怎么了?脾气真暴躁啊!"

"不光是我,你看看九郎二郎、岩松,火气都很大!姐姐,你也变得粗暴了!"

听了这话,公主眼睛瞪得像铜铃一样大,"我?胡说什么!我会吃那种女人的醋吗?"

说完,公主甩了无名一耳光。鬼头太想,这些俘虏他的家伙一个个都太过分了!

公主朝房子里面大声喊道:"三藏!"

里面没有回音。

"三藏!"

她又喊了一声,仍然没人回答。不过俵三藏的大块头突然从土间冒了出来。

看清三藏的面容后,鬼头太暗叫不好。两年前,在野田城陷落的第二天,二人拼命地互相残杀,从那之后今天还是第一次见面。

三藏好像也大吃一惊,瞪着鬼头太的脸像是要瞪出个窟窿来,"什么风把这样的人都吹过来了。公主,这是怎么回事?"

"好像是武田的武士,所以我们才抓来的。反正要去德川当官的话,我觉得带上他比较好。不要空着手去。"

然后,公主深吸了一口气,"她怎么样了?"

三藏闷闷不乐地把脸转向偏房的方向。意即那女人还在偏房。

"还在啊！真是厚脸皮！"

"别净说风凉话！她发烧了，像火一样热。"

公主沉默地凝视着三藏的脸，"像火一样热？你摸她了？三藏！"

突然，公主神情大变，用小巧玲珑的身体去撞三藏胸口。当她知道三藏身体无法撼动分毫时，就调转矛头，打了站在三藏旁边的鬼头太一耳光。打个正着。

"住手！"三藏打算返回土间。

"俵三藏！"鬼头太首次开口。

"帮我解开绳子吧，拜托了！"

当务之急是解开绳子。他可不想再挨打了。

"哎呀，你认识三藏吗？"公主在旁边吃惊地说。

三藏回头瞥了鬼头太一眼，不理不睬地走进了土间。

"怎能不认识？三藏是我老朋友呢！"鬼头太说。

公主略微思索了一会儿，"三藏？三藏也是你叫的？只有我能叫。"

然后鬼头太的脸颊继续被打得啪啪作响。

公主走进土间，很快九郎二郎和无名就跟进来了。

"过来！"

鬼头太不明所以地跟着二人向后门走去，然后被紧紧绑缚在后门的松树上。

"真是个不错的女孩。我还没见过那么漂亮的女人呢。"

"你可别打她的主意。"

九郎和无名一边东拉西扯地闲聊天，一边交替无缘无故地殴打鬼头太。鬼头太一言不发。在他看来，这里所有人都处于疯癫状态。

真是多灾多难的一天。终于熬到了日暮时分，从山的另一边浮出一轮淡蓝色的月亮。

鬼头太被绑在松树上，大眼睛忽闪忽闪的。他想了想，今天经历的无一例外都是灾难。不由分说就被绑起来是灾难，被带到三藏家里也是灾难。

无论如何也要逃走。在这里只有被殴打的份儿，且是毫无理由地被揍。这些人都是不折不扣的疯子。

忽然，他听到了脚步声，不禁汗毛直竖，暗暗祈祷：菩萨保佑，千万不要再发生灾难啦。

来人是三藏。他来到鬼头太被绑的松树那里，开始慢条斯理地绕树转圈。

鬼头太庆幸三藏没有带长枪。每隔一会儿，三藏的大块头就进入鬼头太的视野。他抱着胳膊慢悠悠走路的样子，反而令人毛骨悚然。他数不清三藏已绕着松树兜了多少圈。只知三藏时而进入视野，时而消失。

"鬼头太!"三藏不知第几次转到鬼头太面前时，骤然停下了。

"你喜欢美雪吗?"

"的确。"鬼头太回答，留心不刺痛对方的感情。

"现在还喜欢吗?"

"的确。"

于是三藏又走了起来，绕着松树转了一圈，"你说喜欢，究竟有多喜欢?"

鬼头太没有回答。

三藏返回自己的房间，片刻后再次现身时，手持长枪。看到长枪，鬼头太胆战心惊。

"三藏!"他反复呼唤对方的名字，身体不断挣扎。他可不想身首异处。

三藏根本不管鬼头太有多狼狈，亮出长枪，"从现在开始，认真回答我。一定要实话实说。若有半句虚言，我就一枪把你刺个窟窿!"

鬼头太自打出生以来，从未见过如此骇人的眼睛。三藏的眼睛闪烁着异样的光芒，死死盯着鬼头太。也许是月光的缘故，他眼睛看起来是淡蓝色。

"你刚才说你现在还喜欢美雪。到底有多喜欢她?"

说完，三藏好像要给鬼头太一点思考的时间，以枪作杖拄着，又开始绕着松树转圈了。

鬼头太想，自己到底有多喜欢美雪呢？他想，如有半句虚言，长枪肯定刺透胸膛。我必须说实话。到底我有多喜欢那个非常厌恶我、却傻乎乎地整天追着左近八郎跑乃至不知所踪的女人呢？

三藏手中紧握的长枪的枪尖，不时在鬼头太的视野中闪闪发光。

思索再三，鬼头太还是觉得：在这个世界上我最喜欢的人就是美雪。从小就喜欢，一直喜欢到今天。不管是被厌烦至极还是被冷嘲热讽，我都喜欢美雪。这可能就是所谓的因果孽缘吧。她的眼睛，她的嘴巴，她的走路方式，她的说话方式，我统统喜欢！

鬼头太从未如此认真地注视过自己的内心。以前，每当对美雪的思念越来越强烈的时候，他总是努力驱赶那种思念，拼命逃避一切与美雪有关的事情。但是，现在是他有生以来第一次亲手揭开自己的伤口，用这种血淋淋的痛楚来测量自己对美雪的思慕之深。于是，鬼头太渐渐忘记了为何在思索自己对美雪的感情。

"别晃来晃去的，碍眼！"

鬼头太觉得三藏不断转圈，妨碍了自己思考。他只想独自一人专心考虑美雪的事。

"到底有多喜欢？"三藏目光灼灼。

他看到三藏那闪烁着蓝色光芒的眼睛，才回过神来。

"你问我又待如何？"鬼头太桀骜不驯地说。

他觉得，虽然这家伙不像八郎威胁性那么强，但也是个障碍。

"说！"

"有多喜欢她？你怎么能这样问？我喜欢她到恨不得杀了她的地步。想想看，我为她浪费了半生。即使如此，我也喜欢她。我刚从长筱城逃出来。我害怕打仗，害怕战死。我要活着，再见一次那个女人。"鬼头太一口气说完。

他丝毫不觉得是在对三藏说，而是在对自己说。

"你这家伙真是个娘娘腔啊！"

"不管你说我娘娘腔，还是怯懦，我都无所谓。我就是想见美雪。我可不像你，跟奇怪的女人眉来眼去的。我一次都没有！美雪以外的女人，我都视若草芥！"

听完鬼头太的话，俵三藏像霜打的茄子一样蔫了。

"你好像也说过喜欢美雪吧？有什么资格说喜欢她？刚才那女人是怎么回事？你跟那个疯女人搞在一起了吧，不是吗？"

三藏满脸通红，然后把全身重量倾注在竖立的长枪上，使它深深陷入地面。

"呜！"他发出意义不明的呻吟声。然后趔趔趄趄地向对面走去，徒留下长枪插在原地。

鬼头太孑然一身，方才意识到自己早已泪流满面。他热泪盈眶，视野模糊。

他又听到了脚步声。但这次不止一人。

"三藏！我一个人怎么也睡不着喔。"他听到三藏的脚步声和纠缠着他的娇滴滴的声音。

很快，三藏和公主站到了鬼头太面前。

"好，我把美雪交给你，你一定要好好珍惜。"

说完，三藏的右手刀光一闪。与此同时，鬼头太踉跄着离开了被绑的松树。

"公主，给他解开绳子！"三藏说。

"解开？我好不容易才把他绑来的。"公主一脸不服。

"解开！"

再次接到命令，公主才绕到鬼头太背后解开了绳子。双手终于重获自由。不过，双臂恢复感觉还须稍等片刻。

"来吧，我带你去见美雪。"

鬼头太半信半疑地跟在三藏后面，来到了和仓库一般的偏房,"美雪在里面。四五天前,她非常落魄,我就带她来了这里。"然后又说,"我把她交给你了,你好好照顾她。"

"是让我把她背走吗?"

"不是让你背。你打开门看看!"

鬼头太依言把手放在了偏房的门上。只听一阵咯吱咯吱的声音,他拉开了一扇木板隔门。里面很暗,伸手不见五指。

"美雪!美雪!"鬼头太叫了几声。

"我是。"确切的回答传来。

美雪又问:"您是哪位?"

毫无疑问是美雪的声音。鬼头太怔怔地望向房间里面。

"啊,果然是美雪!"

他强忍着想一屁股坐下的冲动,从外面把木板隔门紧紧地关上了。因为怕美雪夺门而出。他俩最后一次见面是在长筱城内,那天德川军正对长筱城进行第一次火箭攻击。

"没错吧?"

"没错。"

"你知道她被八郎抛弃了吗?"

"不清楚,但有所耳闻。"

"即便知道,你也能好好珍惜她吗?"

"能。"

"好!"

然后三藏吩咐道:"公主,去让大家集合!我要去德川任职。我们即刻出发。"

"明天出发不行吗?"公主说,"好吧。你这人就是执拗,别人劝也听不进。你说怎样就怎样吧。不过,哪怕你当了武士,也不能抛弃我噢!"

"不抛弃。"三藏笨拙地说。

"德川可能会打败仗哦。"鬼头太对这位同僚心怀感激,毕竟他救过自己性命,还撮合自己和美雪,便好言相劝。

"胜败都无所谓了。我只是想在战场上遇到左近八郎。那家伙抛弃了美雪,我要狠狠教训他一顿!仅此而已。"三藏面无表情地说。

五个下属聚集在家门口的空地上。

"出发!"三藏一声令下。

因为三藏对美雪的情意,公主一直郁郁寡欢。如今看到三藏干净利落地放弃了美雪,便欢天喜地起来。

而且三藏下定决心去做武士,她也喜闻乐见。武田也好德川也罢,加入哪一方都无所谓。她觉得,三藏只要去做武士,很快就会摇身一变,当上一国一城之主。

不过,自从与三藏在一起之后,被抛弃的担忧从未离开过她。现在，本应开开心心地出门，可她的心还是没有着落。

"就算真的成为老爷，也不能放弃我噢！"公主靠在三藏胸前呢喃着。

三藏听得耳朵都快出茧子了。他每次都使劲点头。

"那么，鬼头太，拜托你了。"

"好。"鬼头太说道。他恨不得这帮人早点离开，他就可以和美雪二人好好地叙叙旧。

深夜，身着奇装异服的主仆七人向南出发了。

公主紧紧依偎着三藏走在前面。五个野武士在后面排成一列，顺着丘陵斜坡上的道路往下走。等到那一团身影完全消失不见，鬼头太意识到：逃出长筱城是正确的选择，石头占卜是准确的。

鬼头太对自己说："要冷静，要冷静！"他首先进入自己今后要居住的主屋检查一番，在院子里转了一圈。然后到刚才自己被绑的松树那里踹了一脚，最后才站到美雪所在的偏房外面。

此刻鬼头太突然深感不安。他把那块石头从印笼中取出，将它握在掌中，占卜美雪是否爱自己。

他打开手掌，石头露出了反面。这可不行！鬼头太重新占卜，结果还是露出了反面。第三次和第四次都是反面。

"那又怎样呢?过去我一直都是这样吧。并不是说运气变坏了!"他自我安慰道。

"美雪!"他从门外呼唤着所爱之人的名字。

"是山名先生吧?"里面传来了声音。

"是的。"

鬼头太回答的时候,门从里面打开,美雪的脸庞出现了。虽然憔悴不堪,但确实是美雪无疑。

"您有左近先生的消息吗?"也许是发烧的缘故,她两眼放光。

"没有。"

听到他的回答,美雪脸上先是现出似笑非笑的神情,然后浅浅地笑了。山名鬼头太也附和着美雪的笑,浅浅地笑了。

从斜坡上吹下来的夜风,带走了那两个笑容。

设乐原

五月八日，武田胜赖率领一万两千精锐，在长筱城西部的医王山上竖起了牙旗。在那之后的十天里，武田大军和长筱城守军之间每天都进行着激烈的攻守交战。

在五百守军的顽强抵抗下，城池虽然摇摇欲坠，却始终没有陷落。但城内粮食只剩下四五天了，如果没有援军的到来，陷落只是时间问题。

五月十八日傍晚，织田和德川联军三万八千人为了支援长筱城，在设乐原以迅雷不及掩耳之势完成了决战的排兵布阵。

第二天，也就是十九日，武田胜赖暂且中止了对长筱城的攻击，命令全军横渡泷川，去迎击织田和德川联军。

二十日凌晨，右翼的马场美浓守三千兵力率先渡过了泷川。左翼的山县昌景、武田信丰三千兵力紧随其后。再加上中央队三千人、胜赖率领的总预备军三千人，渡河持续了几个时辰。

渡过泷川的武田军将士们看到，前方设乐原一带——极乐寺山、天神山、御堂山、茶磨山、弹正山等高地上旌旗招展，如同满山遍野的芒草穗子一般。旌旗绵延两千多米，沐浴在初夏的阳光下分外耀眼。仿佛一切都很安静。

二十日，在会战前令人毛骨悚然的宁静中，日暮来临了。只是在天神山阵营方面听到了两三次敌人的火枪声。

转眼到了夜晚。夜晚更加静谧。

左近八郎隶属于在浅木附近布阵的右翼马场美浓守的队伍。由于二百个火枪手分散在各支部队，所以八郎率领的火枪队只有三十个枪手。武田军根本不重视火器。骑马捻长枪的传统攻击方式支撑着武田武士们的必胜信念。

即便是左近八郎，也不认为仅凭三十支火枪就能取胜。他的特殊职责只是在开战之初向敌人开枪射击。之后应该是所有人都用刀砍杀。

八郎倚在丘陵的松树根部休憩，突然睁开了眼睛。这时大约凌晨一时左右，天寒地冻。

他站起身来，从拥挤在一块儿搂着刀睡觉的杂兵们中间穿过，爬上丘陵。那里有好几个武士默默地踱来踱去。像是因明日打仗而无法入眠的武士。

八郎想再次查看地形，就走下山坡继续往对面走去。越过一个小山谷，又有山坡挡在面前。

他一连穿越如波浪般起伏的三座小山坡,站到了一座小崖坎上。虽然月亮不知隐身何处,但仍有微弱的光亮,一望无际的原野看起来像汪洋大海。

不知过了多久,左近八郎听到右边有脚步声,连忙放低身子。

是啪嗒啪嗒叩击地面的声音。是脚步声无疑。

很快,脚步声越来越近,一个人影从右边稀疏的灌木丛中钻了出来。

八郎马上认出那是个女人。她身穿罩衣,从头到腰都隐藏在罩衣里面。她出了灌木丛便四处逡巡,从这一举动便知不是寻常人物。

"是谁?"八郎先开口询问。

女人突然被搭腔,惊得一时怔住,但仍然罩衣遮面,"请问马场美浓守大人的阵营在哪里?"

"什么事?"

"我哥哥在马场大人的阵里。"

他觉得那声音非常像安良里,与此同时对方喊道:"啊,八郎!"

罩衣被扔在地上,里面露出町家姑娘风格的衣裳,但毫无疑问出现在面前的是安良里。

"我是为了见你才来的。"安良里站在微弱的光线中，屏住呼吸说。

"为了见我？"

他马上又说："你是敌方间谍的事，已经暴露了。"

"我当然知道。不过我想还是能找到你。走吧，你必须马上跟我走！"

"去哪里？"

"去哪里都行。过后再容我跟你细说。"安良里的手拽住了八郎的胳膊。力气大得都不像安良里。

"我哪里都不去。"

"为什么？"

"随时都可能接到进攻的命令。"

"进攻？"安良里冷笑。

"明天一打仗，武田军就全军覆灭，一个不剩。你必须马上逃跑。我能在这里找到你，简直是上天怜悯。"

"说什么傻话！"八郎说道，然后凝视着安良里的脸。

"明天就是武田的大限。总之你必须跟我走。"

"打仗要看时运。确实武田可能会失败。但是，我以前也说过，我要把生命献给武田。为了胜利而战斗！"

"为了胜利？"安良里嘴边再次浮现出一抹冷笑。

"为了胜利，——但是你们根本赢不了。左近八郎，你怎么会这么糊涂呢？要站在胜利的一方！"

安良里第一次使用了强硬的命令语气。八郎望着安良里美丽的脸庞逐渐因悲恸而扭曲，他也怀着一种无法言说的悲哀心情注视着安良里。

"你无论如何都要和我一起走。"

安良里一脸忧伤，只有狭长的眼睛炯炯有神。

"织田军全都不是拿的长枪，而是搬来了作栅栏的圆木。"

"什么栅栏？"

"就是用栅栏把武田的骑兵队伍卡住。那里架着三百挺火枪——"是没有抑扬顿挫的低沉声音。说到这里，安良里扬起了苍白的脸。

"真的吗？"

"是真的。"

"如果是真的，这样重大的军队机密，你为什么要告诉我？"

"你想知道原因吗？"安良里的声音嘶哑。

"如果你想知道的话，我可以告诉你，那是因为我想救你！"

这时，火枪声突然打破了周围的寂静。八郎还没反应过来，早已下意识地抱住安良里，卧倒在地。

"快跑!"他一边低吼，一边起身，握住安良里的手，跑到丘陵的斜坡上。跑着跑着，八郎忽然看到前方出现几个人影。

"快逃! 往右边逃!"八郎说着，放开安良里的手，顺势把安良里的身体往前推。然后他自己往相反的方向疾奔。

"八郎!"安良里追了上来。

"危险! 回去!"他粗暴地说，用双臂接住安良里飞扑过来几乎要摔倒的身子，又像刚才一样猛推她后背。

可是，安良里只是稍微挪动了一下身体。这时，八郎看到几名武士拔刀向这边走来。

八郎以为他们是武田的武士，不想伤害己方的人。

"来吧!"他威胁地说，把安良里庇护在背后。

"快逃!"他朝背后的安良里喊道。

可是，他听到了安良里令人吃惊的清澈声音:"八郎，和我一起逃走吧! 自打在野田城第一次见面时起，你对我来说就是与众不同的。现在我特别清楚这一点。"

八郎一边听，一边对付砍杀上来的敌人。他朝一个人的肩膀使劲砍去。

八郎发现，自己站立的丘陵左边就是陡峭的崖坎，便保护着安良里，同时慢慢向那个方向挪动。

"我不会离开武田阵营的,你快回去!"他气喘吁吁地说。

他倒退着把安良里的身体逼到崖边,用力推了她后背一把。伴随着"啊"的叫声,安良里的身体悬空飞起,很快消失在八郎视线中。

然后,八郎迎向数把刀组成的刀林。

"别跑,甲斐的山武士!"

听到这样的声音,八郎大吃一惊:糟了!

他一直以为围困自己的都是武田方看守的武士。万万没想到德川的武士会来这里。

他想:如果不是武田的武士的话,我就不会在明知危险的情况下把安良里从悬崖上推下去!就算对方人数再多,那也都是杂兵。把他们打得落荒而逃,应该不是什么难事!

眨眼工夫,八郎把那些率先砍过来的性急者都砍翻在地,拿着刀虎虎生风地又继续进攻。这是因为与敌人保持一定间隔是很危险的,随时可能被火枪狙击。

八郎跃到对方旁边,在松树根旁砍伤了一个人的脚。

"哎呀!"那笨重的肥胖武士在地上骨碌骨碌滚了两三圈,头朝下滚下了十分陡峭的斜坡。其他武士一看便知碰到了高手,急忙扭头抱头鼠窜。

八郎终于松了一口气。这时听到连续两声枪响。

他保持拔刀姿势，站在那里。枪声在他站着的丘陵的遥远西方响起，令人担心。他侧耳倾听，可之后听不到任何骚动或呐喊。

八郎来到刚才推下安良里的崖旁，俯身往下看。崖坎不是很深。八郎抓住灌木，爬了下去。崖坎只得三四米深，下面是茂密的草丛。他想，安良里最多受一点皮外伤，连脚也不会扭伤吧。

"安良里公主！"

明知没用，他还是把手放在嘴上呈喇叭形，低喊一声，然后四处寻找。

可是安良里早已不见踪影。看到安良里已消失，他既松了一口气，又隐隐不安，因为担忧刚才的枪声是冲安良里放的。

法螺在低声鸣叫着。是从己方阵地上响起的。

八郎站在草丛中，心想：我必须马上赶回去。

"你必须和我一起走！"——安良里的声音清晰地回响在耳边。安良里居然来救我了，来救我了！就是那个安良里公主！

抬头仰望天空，白云在快速奔跑。法螺声一直在响。

"我得走了。"八郎脱口而出，随即离开了悬崖。

在八郎眼里，安良里所说的木栅栏就是在设乐原的原野上排成一列的无数木桩。但是，武田的骑兵队伍能翻越那些栅栏，或者迂回突进吧？

法螺声继续响着。

让左近八郎不安的两声枪响，正如他预感的那样，是冲安良里放的。

安良里听到枪声也无动于衷，十分镇静。虽然明白自己被狙击了，但也没多么害怕。她蹲在草丛中，试图再次靠近马场美浓守部队所驻扎的丘陵。她无论如何也想救出八郎。

显然，枪是由武田方面值守的武士射击的。面对明天的天下争夺大战，武田军显然戒备森严。

从傍晚六时开始，军纪规定严禁离开各自岗位一步。自己擅离职守，已违反军纪，而且在敌人武田方的阵地附近徘徊，被怀疑、被狙击是理所当然的。如果被捕，也没有辩解的余地。不管出于什么理由，都会被当即处死。但是，她又怎么忍心眼睁睁地看着左近八郎在设乐原白白战死呢？

有生以来，安良里第一次懂得了做女人的感觉，对左近八郎充满爱慕和眷恋。

一想到八郎，被他紧紧抱住的触感就会马上在身上苏醒过来。肩膀酥麻，双臂酥麻，上半身全都酥麻了。双乳之间的心脏深处也怦怦作响。

自从在野田城后院遇见八郎时起,安良里就一见钟情。在篝火的辉映下,他头发凌乱,凛然扬脸,面庞壮美。

八郎!八郎!决不能让八郎战死!安良里失魂落魄地走着。她深一脚浅一脚,踩过草丛,掉过水坑,越过田埂,跨过水沟。

疼痛不时向右边小腿袭来。刚才被八郎撞飞跌落悬崖的时候,好像磕在石头上受伤了。八郎为什么要撞飞自己呢?他是想救自己吧?八郎!八郎!我决不可让八郎明天死在战场。

安良里中途跑了起来,因为有几个脚步声向自己逼近。她不辨东西,搞不清自己到底是在奔向武田阵营,还是返回德川阵营,完全没有头绪。

安良里倏地立住,向身后扔了一把手里剑。一把,又一把!闪烁着白色冰冷的光芒,在凌晨的至暗时刻中奔跑。

安良里忽然被绊倒了。啊,八郎!八郎!没有左近八郎,我活着还有什么意义。

她一跃而起。可是白刃在她脸旁闪闪发光。

安良里感觉好几个人的身体压到了自己身上。刚要起身,腿又被绊倒。接着手掌被猛烈撞击,手中的怀剑也掉落在地。

"放开我！放开我！不得无礼！"她明知不顶用，还是徒然叫嚷着。

"原来是个女人啊！"

"即便是女人，也是个可疑的家伙。"

"马上押走！"一片喧嚣中，有人这样命令道。

安良里用力挣扎，挣扎中双手被扭到背后，双臂的大臂和手腕都被绑了起来。这时又有两三个武士跑了过来。

其中一人说："这就是刚才和敌人在一起的女人。"

"是这样吗？老实交代！"

安良里闭口不言。她讨厌和小兵小卒说话。

她被推搡着往前走，被绑着走了将近半里路。

今后会演变成什么样子，该如何申辩，都完全不在她的考虑范围之内。只有八郎时刻萦绕在她的脑海。一想到最终没能救出八郎，就觉得遗憾至极。

八郎！只有这样低声呼唤的时候，安良里的脸颊流淌下冰冷的东西。

她被押去了松尾山阵地。快抵达松尾山的时候，能看到很多武士在夜幕下工作。不止十名或二十名，而是数百名武士在静悄悄地站立劳作。

安良里知道那里正在进行什么。是在彻夜建造能阻拦武田骑兵队伍的栅栏。这项工作不仅仅在这里进行，南面从连子桥开始，穿过很多村落，一直延伸到森长附近。而且到处都设置了引诱武田军的突破口。

安良里又被迫继续往前走了几百米。在她走过的道路旁边，从事栅栏建造工作的武士们的黑影绵延不绝。

她想，明天左近八郎会在这里战死吧？因为八郎打算战斗到底！战斗到底，只能意味着死亡。

八郎要死了。他会战死。

"啪！"一盏明亮的灯火迎面而来。一位满是胡子的武士死死盯住安良里的脸，惊愕地喊了一声："啊，是安良里公主！"

他对武士们说："把她先控制在这里！"

与此同时，灯火熄灭，那个武士离开了。

安良里的脸多次被灯光照射，形形色色的面孔出现在她眼前，但安良里毫不在意。既然八郎马上要战死，她苟活于世又有什么意思？

不知何时，安良里被带到一个篝火熊熊燃烧的地方。好像是丘陵的脚下。

有好几张熟悉的面孔。

"在如此关键的交战前夜，你为什么要违反军规，离开阵地呢？给你机会开口申辩！"一位中年武士非常客气地说。

安良里对这个武士的脸有印象。他是蒲生氏乡的家臣。

"我想救出一个敌方武士。"

"敌方武士？"

"是的。"

"你为什么想救那个武士？"

"我只是想救他，我不希望他在明天的交战中战死。"

对于围成一圈坐在马扎上的武士们来说，安良里的声音听起来完全像个陌生人。没有抑扬顿挫，只是安安静静。

"不可能的。您是安良里小姐，怎么会做这么昏头昏脑的申辩？您肯定是想夺取敌人的机密吧？您好好考虑一下，再给我答复也不迟。肯定是那样。"

安良里抬起头，看了看那个武士的脸。她明白对方想竭力保自己一条性命，不禁心里涌起一股暖流。但是，在左近八郎的事情上，她只想说真话。

以前做奸细，要靠编织谎言来安身立命，说谎简直是家常便饭。可如今事关左近八郎，她只想吐露真言。否则，她会觉得自己和八郎的感情被玷污了。

"我想救那个武士，无论如何也要救那个武士。"

"愚蠢！"

"不，我……"

"你觉得这样申诉,我们就能放你一马吗?"

她想:我并不想让你们放我一马。左近八郎不是要去赴死吗?刚才自己被押送到这里的时候,已经看到那些通宵建造的木栅栏。八郎会战死在那里!

安良里已经没有求生欲望了。既然不能救出八郎,自己在这个世界上也没有什么值得留恋的了。

之后他们在说什么,安良里压根没听进去。八郎那时候想救我!说明他是爱我的!安良里脑海里全是八郎。

她又被押送着行走在黑暗的地方,最后在一棵松树前停住。有人想从背后为她用布条蒙上眼睛。她拒绝了。

"不必了。"

她知道接下来要经历什么。为了家族复仇,为了灭亡武田,她赌上了自己,赌上了一生!如今眼看就要大功告成,她却要舍弃生命了。

八郎!

在安良里像能面一样毫无表情的脸上,嘴巴微微动了一下。枪声接二连三地响起。安良里的身体向前扑倒下去。

再等片刻,天就亮了。

长筱之战

翌日（二十一日）拂晓五时，长筱城方向突然响起一阵呐喊声，火炮打到了武田军担任左翼的山县昌景队伍的阵地上。

德川军部署在鸢巢山上的迂回队拉开了战斗的帷幕。

胜赖立即向全军发出进攻的命令。武田军的右翼队、中央队、左翼队各三千精锐，均放弃了昨夜刚刚夺得的阵地，继续前进，迎击在遥远前方布阵的织田、德川联军。

天色未明，凉意袭人，不过天空清澈，万里无云，可以想象白天必定炎热异常。

开战在即，武田军保持着令人毛骨悚然的寂静。军队最初是编为三支纵队同时挺进。在一望无际的设乐原上，三支纵队宛如三条飘带一般行进，时而现于丘陵上，时而隐于山谷中。俯瞰过去，移动显得分外缓慢。

当与织田、德川联军阵地的距离被缩至数百米时，三条飘带整齐划一地停止了行进。就在这时，左近八郎带着三十名火枪手,离开了马场美浓守率领的右翼部队。

左近八郎率领的火枪队一个个猫着身子,沿着一条小水沟向西南方向前进了约两百米。那里有一座略为高耸的丘陵。他们从后面爬上丘陵,在灌木丛里蜷成一团,坐了下来。

战场尽收眼底。这是夏日清晨的原野,一片静谧,仿佛什么都不会发生。

迎面望去,右边是织田军的阵地。只见数百面旌旗招展,却不见人的动静。左边是德川军,那里也很安静。

突如其来地,山县昌景率领的武田军左翼队伍里响起了一片呐喊声。丘陵背面出现了几个小黑点,像撒在那里的豆子一样。眨眼间黑点增加到了几十个,几百个。

右翼队伍和中央队伍也一齐呐喊。

马场美浓守所率的右翼队伍离八郎所在的丘陵最近,因此呐喊声听起来最为嘹亮,震耳欲聋。

下一秒,千余名骑兵直取右侧的织田军。数百面旌旗摇曳,如怒涛滚滚。

在织田军最右侧的丘陵上,一支队伍涌出,迎击武田的骑兵。

"射击!"八郎一声令下。

枪声响起,灌木丛里硝烟弥漫。但是几乎同时,对面也发出了枪响，地动山摇。

这枪声是八郎他们所发出枪声的几十倍，乃至几百倍。八郎不由得屏息凝神。

设乐原一带接下来发生的事令人难以置信。成千上万的人马像没头的苍蝇一样四散逃窜。而且，仿佛为了掩盖这番混乱景象一般，枪声毫不间断，震天动地。

惨不忍睹的战斗仍在持续。武田的左翼队、中央队、右翼队交替派出一拨拨人马，轮番逼近栅栏。可是每次换来的都是枪声震天，人马四散。

偶尔有一段非常安静的时间。长长的木栅栏在初夏上午的阳光下熠熠生辉，几匹没主的空马，以奇怪的姿势沿着栅栏跑着。虽然可以想象横尸遍野，但从八郎的视角无法得见，徒留下空无一人的旷野一角，莫名地显得虚空。

接下来，武田的骑兵队伍豁出命去想要冲破栅栏，在丘陵上聚集成黑色的一团，伴随着呐喊声向栅栏闯去。枪声此起彼伏，只见连人带马又都哗啦啦倒下。数百面旗子离开栅栏，后退五十多米，再次向栅栏发起冲锋。枪声阵阵，几百名骑马武士又折损大半。

幸存下来的几十骑重新站起来去栅栏那里闯关。枪声响起，他们应声倒地。

这与以往的战斗完全不同。精悍无比的武田骑兵完全没有用武之地。无论是他们的勇猛，还是他们的豪迈，一切都是徒劳无益。

中央队三番四次的突击都以失败告终。在渐渐归于寂静的战场上，只剩一骑想要跳过栅栏，好几次让马仰天一跃。在几乎垂直竖起的马背上，只见他挥舞起手中长枪，在空中划出一条完美的弧线，枪尖闪闪发光。好一副威风凛凛的武士模样！

可是，说时迟那时快，枪声再次响起，武士一个倒栽葱，从腾空的马背上跌落。这位勇士再也没有站起来，失去骑手的马像疯了一样，向西北方向疾驰而去。

战场最右侧的丘陵上，屹立着马场美浓守队伍的旗帜。马场的队伍已心知肚明：鲁莽地向栅栏冲锋是不可取的。于是打算采取迂回切入敌阵的战法。

左近八郎率领三十名部下朝那面旗子冲去。

那时起，战场一片混乱。敌军大部队如卸闸的洪水一般，从木栅栏之间的突击口奔涌而出，流向栅栏这边。

要靠近马场队伍的旌旗并不容易。因为八郎所到之处都有敌人包围过来，迫不得已又得厮杀一阵。而且，马场队伍也在不断转移。

不经意间，八郎早已扔掉火枪，虎虎生风地挥舞着大刀，迎接一伙又一伙挡住他去路的敌军。

他一会儿与敌人厮杀得难解难分，一会儿对敌人穷追猛赶，一会儿爬到丘陵顶上，一会儿又跑到丘陵底下。枪声依旧间歇性地响起。左翼队和中央队似乎仍在鲁莽出击，负隅顽抗。

等他好不容易接近马场队旌旗耸立的丘陵时，回头一看，三十名部下一个也不剩了，自己成了孤家寡人。他一口气还没来得及喘，马场队的本营又鸣响了军鼓，要转移到其他地方。

交战从上午五时开始，到了正午时分，大势已定。武田军的败北已成定局。

马场队伍虽然击溃了织田军的左翼，夺取了丸山的阵地，在那里树起了旗帜。但是，中央队伍、左翼队伍、总预备军乃至武田军全军元气大伤，兵力损失了大半。

武田的宿将老臣战死的消息一个接一个传到马场队的大本营。

"山县昌景老爷阵亡！"

"真田信纲老爷阵亡！"

"土屋昌次老爷阵亡！"

放眼望去，战场俨然已成人间炼狱。

新到的织田几千人马的大部队绕丘陵右边一大圈,将马场队伍包围,犹如瓮中捉鳖。满眼都是德川和织田的旗帜。

在本营东边两百多米远的小丘陵上,左近八郎将背抵在松树干上,手提血淋淋的大刀,稍作休息。

他脚底下横七竖八躺着几十具尸体,敌兵却踪影全无。在广袤的战场上,只有这里似乎是真空地带,眼下这会儿寂静无比。

八郎突然回过神来。因为附近好像有一个拖得很长、很尖的声音。仔细一听,原来是一个女人的声音。

其实这个声音已经持续了片刻。只是现在他才清楚地意识到这声音就在附近,而且是人声。

由于声音是从头顶上传来的,八郎猛地抬头。但又不得不立刻低头,因为肩头好像受了重伤,把脖子往上抬的话,疼痛难忍。

"是谁?"八郎喊道。

这是他从早上开始第一次说出像样的话。

那女人不回答,仍然执拗地喊着:"三藏!"

声音仍能听见。

"是女的?"

八郎话音未落,一位女人仿佛从天而降,突然出现在他的眼前。

"你知道本多忠胜大将的部队在哪里吗?"女人问。一副失魂落魄的模样。

她没等八郎回答,又兀自喊了一声"三藏",跟跟跄跄地向对面走去。八郎觉得她有点精神失常,很可怜她。

"往那边去很危险的。"

"谢谢,不劳您费心。"

对方扭头的瞬间,八郎看到了她的脸,心里咯噔一下。这不是在野田城外见过的那女人——公主吗?

"哦,你是那个……"八郎不由得脱口而出。

他想起了她与俵三藏在一起时的情形。公主也满腹狐疑地盯着八郎。

"我好像也见过你。"她有些漫不经心。

"本多大将的阵地在哪里?如果知道的话请务必告诉我!我要把一个对我很重要的人带回来。不能再让他在这么危险的地方待下去了。成不成为老爷都无所谓了!"

"本多?是德川的本多忠胜?"

"德川也好,武田也好,哪边都无所谓。总之告诉我,他的阵地在哪儿?"

"俵三藏也参加了这场战斗吗?"八郎问。

听到八郎突然提到三藏的名字,公主吃惊地盯着八郎的脸。然后脸色变得非常难看："哎呀，原来是你啊！三藏就是为了干掉你才去给德川大人效力的。"

然后，她把手放在嘴上，拖着长腔高喊："三藏！"

一会儿她停了下来："你快去死吧！我要把他带回去。如果三藏死了，我可不饶你！"

她用憎恶的目光盯着八郎，向对面走去。可是旋即停住脚步，"你要是也像那女人一样，被杀死就好了！你知道吗？那个逼着我编藤蔓的女人被杀死了。美雪说你被那个女人迷得晕头转向。"

"女人？"

八郎原本昏昏沉沉，闻言浑身一个激灵，抬起了头。

"等等！你说的那女人，是说安良里公主吗？"

"安良里公主，对，就是这个名字！"

"安良里被杀死了？"

"今天凌晨被很多人用枪射死了。"

八郎浑身瘫软，沿着松树的树干往下滑，最终瘫坐地上。

八郎喃喃自语。这阵工夫，公主已经深一脚浅一脚地跑开了。

"等等！"八郎叫了起来。

但公主没再回头。她很快便走下了丘陵的斜坡，从八郎视野中消失了。"三藏!"只是听见她呼唤了两三次三藏的名字,每次间隔时间都很短。

喊声依稀可闻,还能听到枪击声混迹其中。到处都在进行生死决斗。这时,八郎突然感到自己腰上剧烈疼痛,看来腰也受了重伤。八郎挣扎着想站起来,但根本做不到。

在相距不到五十米的丘陵上,能够看到马场队伍的旌旗。但是,这反倒让八郎感到不安。因为只剩了几面小旗,而且小旗的移动方式也非同寻常。

八郎站了起来。映入眼帘的是一片悲惨景象,马场队伍的本营正试图从敌兵的四面埋伏中抱团杀出一条血路。还剩一百多骑幸存者,马场美浓守也在其中吗?

从远处眺望,须臾之间,战场状况已发生了天翻地覆的变化。在正午的阳光照射下,草丛、泥土、树木都闪烁着光芒。遥望北方,在炫目刺眼的光亮中,武田全线溃败。士兵被敌人的大军追赶,纷纷往北逃跑。

八郎明白自己已是穷途末路。为武田献出生命,也没有什么可惜的。虽然当初是因安良里的话"站在胜利一方"才加入了武田,但如今献身武田也无怨无悔。

公主说安良里已经死了,那他也不想独自苟延残喘。想到安良里也同样死在这片原野上,而且她是为自己而死,这让他内心平静许多。

他背靠松树，又提起了刀。因为二三十名敌兵正从四面八方爬到他所站的丘陵上。

八郎只想竭尽全力斩杀，最后关头激起的满腔孤勇充满了他身体每个角落。几名敌兵看到他的身影，疯狂地扑了过来。

"来吧！"八郎大喝。

有一名敌兵打算上来打个措手不及。八郎把他砍翻在地，然后追着另一个人绕着松树转圈。

对手渐渐变成了十多个人。八郎又砍翻一人。这时，一个粗犷的声音传来："谁也别插手，否则别怪我不客气了！"

八郎把视线转向声音传来的方向，看到一个大个子武士慢吞吞地向这边走来。是俵三藏。他把大号的长枪夹在腋下，直向八郎而来。

"左近八郎！好久不见啊！"三藏头一次吐字如此清晰。

"哦，是三藏啊！"

二人相距三四米，四目相对。

"你这家伙，居然抛弃了美雪！玩弄女人的可恶小人！我要替天行道打败你！我最后再问你一次！你确实抛弃了美雪吧？"

"是的。"八郎不卑不亢地回答。

"为什么要抛弃她?"

"因为我喜欢安良里公主!"

"那你为什么要骗美雪?"

"我没有骗她,事情自然而然就成了那样!"

"哼!"

俵三藏挺起长枪,一步一步逼近。

三藏缓缓地躬下大块头的身子,搂着那杆大号的长枪,目不转睛地盯着八郎,慢慢地向前逼近。

这个世界上他最恨的男人就在他面前。

他居然敢玩弄美雪,把美雪弃如敝屣!我要替天行道!

在别人眼里,三藏动作迟钝,身手一点都不敏捷。只有八郎深知,他那大块头能够气势雄浑地迅速移动和奔跑。

八郎凝视着自己这位发小怒火中烧的眼睛。一个武士突然跳到八郎身旁。八郎躲闪开来,反手一刀。武士摇晃着身子向后翻倒。

"我不是说过不要插手吗?"

三藏怒喝,用长枪柄扫过那个武士的脚。武士身体悬空,扑通一声跌落地上。

三藏揪住武士的领子把他拽起来,一脚踹在他腰间,对周围的武士们喊道:"任何人不得插手!"

这嗓门大得可怕。被踢飞的武士仿佛游泳一般挥舞双手向前跑了三四米，一头栽倒。

周围武士的圈子立时变大。众人都被震慑住了，不禁往后退去。

"来吧！"三藏又转向八郎，挺起长枪。眼里烈焰熊熊燃烧。

"三藏，你就那么恨我吗？"八郎说。

"是的！"

三藏话音未落，八郎就接上了话茬："好吧，那我们就好好比画比画！"

八郎也认真地架起刀。他此时也对三藏恨意陡生。好吧，那就杀了他吧！他想。

"嚯——！"三藏突然把长枪刺了出去。一旦刺出，枪尖就不停游走在八郎左右。

八郎现在已经感觉不到腰和肩膀上的疼痛了，只是一门心思地想杀掉对方。他背后被长枪追赶着，绕着松树转了两三圈。很快又轮到八郎拿刀追三藏，两人又反过来绕着松树奔跑。

"嚯——！"

"嘿——！"

二人又变成了面对面对峙。

三藏眉间喷出了血。他伏下身子，恨不得要把脸贴到地上一般，自下而上窥视着八郎。

新战场上刮起了几股小旋风，像水柱一样立起。在几股小旋风之间，武田军中尚未放弃战斗的幸存骑兵们三三两两地聚在一堆飞奔。

安良里！安良里！一股与眼前争斗毫不搭界的思念闪过八郎的脑海。

美雪！为了美雪而战斗！三藏心里掠过的却是这种念头。

三藏握住长枪，擦了擦脸上的汗水。他的脸因充血而变得通红。

与此相对，八郎的脸苍白如纸。他已经无暇调整气息，也无法发出打斗时的吼声，只剩下呼哧呼哧的喘息。忽前忽后，躲闪腾挪，把刀挥向前面。他使身体与刀身平行，几乎融为一体。

八郎的刀擦着三藏的肩膀掠过，他不给对方任何喘息的机会，只顾不要命地砍将过去。他想杀掉三藏，谁让这家伙一根筋儿，不能设身处地体会自己左右为难的处境。

我是喜欢美雪。但是，我后来喜欢上安良里了。这也是无可奈何的事。更何况我喜欢的安良里还为我搭上一条命！

八郎感到肋下一阵剧痛袭来。长枪尖几乎刺穿了肋下。

"嚯——"

八郎能听到三藏的喊声，感到长枪被拔了出来，一个趔趄倒在地上。

完了，被刺穿了！三藏的长枪再次毫不留情地刺了过来。

八郎在地面翻滚。他用刀挡住了已数不清是第多少次刺过来的长枪，把枪尖拨到了四五米开外。

八郎使出最后一丝力气爬了起来。看到三藏像血人一样，坐在地上。

八郎在等待三藏站起来。但是，他自己站立也是勉为其难。

三藏始终没有站起来。

"我杀不了你，"三藏闷声说道，"你赢了。"

八郎觉得这时三藏的脸异常平和。

"来啊！"八郎喊道。

但是他没有喊出声来，他嗓子已经干得冒烟了。

八郎身体突然失去重心，噗通一声往后倒下。他眼前一片黑暗。安良里！八郎口中咕哝着，闭上了眼睛。

三藏站起来后，发现左近八郎已没了呼吸，不禁浑身颤抖。他觉得自己能活下来，简直是奇迹。

三藏打垮对方后，反而产生了一种奇妙的感情。也许这种感情就是悲伤，三藏想。

他感到一团坚固的东西在激烈地撞击着他的身体。

"你可不能死啊！"那团东西柔声说道。

俵三藏呼哧呼哧地，用口鼻同时喘气。

"你不能死！"

公主用身子蹭着三藏的胸膛和脸。

三藏脸上全是血。血是从被八郎砍了一刀的眉间流出的，不过并不是致命伤。

八郎的尸体俯伏在地上。三藏久久地俯视着那具尸体。

"你不能……"

公主仍然像往常一样，依偎着大块头的三藏呼唤道。

"聒噪什么！安静一会儿！"

三藏罕见地对公主发了火。他把视线从八郎的尸体上挪开，"你在这里瞎转悠什么？"

"我没有瞎转悠，只是担心你而已。什么武士，我已经受够了！跟我一起回去吧！战争一开始，九郎、无名、岩松他们，一个个全吓坏了，跑了回来！"

"……"

"不用当什么老爷了。城池什么的，我也不稀罕了。你只要跟我回去就好了！"

公主嘴里像连珠炮一样说着。三藏置若罔闻，久久伫立。

真是个可怕的家伙！自己差那么一丁点儿就被砍死了！他想起了八郎那毫无章法却极其锐利的刀法。

"三藏！三藏！"公主摇晃着三藏的身子。

"我不想让你再做武士！不要再想着当什么老爷了！"

"我也不想了！"三藏斩钉截铁地说。

三藏想找个地方隐姓埋名当个平民百姓。原本他就是为了给八郎点颜色瞧瞧才去出仕德川的。如今目的达成，对于德川，对于武士，已没有一点留恋。

"这么说你不当武士了？"

"不当了！"

"不当的话，那我们赶紧回家吧。"

公主恨不得立刻回到家，被三藏粗壮的手臂抱在怀里。

"现在美雪和鬼头太住在那里。"

"把那些家伙赶出去不就行了吗？我们好不容易收拾出了块田地，可不能拱手相送，便宜了他们。"

"不！不能回那里！"三藏态度强硬。

三藏一向把美雪视为世界上最高贵的女子，一想起她的面庞，就心思荡漾。万一让她知道是自己杀了八郎，她一定会恨自己的。但是，自己非那么做不可。

他们周围一个武士的身影都没有。一场大战刚刚结束，杂兵们最忙碌的时刻到来了，他们得四处寻找敌方大人物的首级。

"喂——"远处传来叫喊声。

"啊，是权次，还有左助！"公主说。

"他们俩没逃回来，我以为已经死了呢。结果还活得好好的。"

三藏顺着公主手指的方向望去，确实下属权次和左助都向这儿赶来了。他们二人一起拎着一个首级过来了。

"那是什么？"三藏向走近的二人问道。

"刚才在那里捡的！应该是个大人物！"

然后权次把手里揉成一团的布条拿给三藏，"你看，有这样的纹样！我觉得，就算是个大将，也是个地位很高的大将。"

三藏一看，布条上竟然有三叶葵的纹样。

"是德川的武士。是个地位很高的人。你们要是拿它去领功的话，小心会被处以极刑！"

"妈呀！"

"赶快扔掉！"

权次和左助大吃一惊,赶紧走下丘陵,去扔掉首级。

平原上,杂兵们正红着眼睛,去每个树荫角落搜寻首级,以便讨赏。

三藏想起了美雪和山名鬼头太的面庞。对于美雪,他固然不甘心,但还是决定委托给鬼头太。毕竟在世界上对美雪最死心塌地的人,就是鬼头太了。

至少鬼头太比我强!我这辈子与她无缘无分了。一切失败的源头都是被公主救了性命,并约定与她在一起。一切皆是孽缘,逃也逃不过。当然,公主也有公主的好处。她最痴迷我,除她以外,没有任何一个女人如此痴迷我。

"走吧,公主!"

三藏说完意欲离开,又马上站住,指着左近八郎的尸体说:"公主,挖个坑吧,把他埋起来。"

"那不是你憎恨的人吗?"公主满脸讶异地尖声叫道。

"那是八郎活着时候的事了。"

然后,三藏含含糊糊地嘟囔说:"毕竟他是美雪喜欢的人!其实我也很喜欢他!"

三藏的眼泪不争气地夺眶而出。公主虽然不明所以,但看到三藏流泪,自己也悲从心来。

周围突然暗了下来。天空东北方的黑云迅速漫天扩散。战争过后,倾盆大雨冲刷着设乐原这个新战场。

附录　井上靖年谱

1907年（明治四十年）
5月6日,出生于北海道上川郡旭川町,父亲井上隼雄,母亲八重,井上靖为二人的长子。
祖父井上洁。井上家是伊豆汤岛的医生世家。母亲八重是家中的长女。父亲隼雄为井上家赘婿。

1908年（明治四十一年）　1岁
父亲井上隼雄出征前往朝鲜,井上靖同母亲搬至伊豆汤岛。

1909年（明治四十二年）　2岁
因父亲调动工作,迁居至静冈市。

1910年（明治四十三年）　3岁
9月,妹妹出生,和母亲一起搬至汤岛。

1912年（明治四十五年） 5岁
父母离开汤岛，将井上靖交由其户籍上的祖母加乃抚养。加乃是已故的祖父井上洁的小妾，此时已入籍井上家，在法律上是井上靖的祖母，平时独居于仓库中。井上靖与加乃的感情十分深厚。

1914年（大正三年） 7岁
4月，入读汤岛寻常高等小学。

1915年（大正四年） 8岁
9月，曾祖母阿弘去世。

1920年（大正九年） 13岁
1月，祖母加乃去世。2月，来到父亲的任地滨松，和父母一起生活。转学至滨松寻常高等小学。4月，入读滨松师范附属小学高等科。

1921年（大正十年） 14岁
4月，以第一名的成绩考入静冈县立滨松中学，担任班长。同年，父亲前往中国东北工作。

1922年（大正十一年） 15岁
3月，因为父亲被内定为台湾卫成医院院长，所以寄居于三岛町的姨妈家中。4月，转学至静冈县立沼津中学。

1924年（大正十三年） 17岁
4月，因家人全都去了台湾的父亲身边，所以被托付给三岛的亲戚照顾。夏天,旅行去台北看望父母亲。此时,受老师和友人的影响,开始对诗歌、小说等产生兴趣。

1925年(大正十四年) 18岁
学校发生了学生闹事事件,被认为是带头闹事者之一,被强制搬入了附近的农家,处于老师的监视之下。

1926年(大正十五年·昭和元年) 19岁
2月,在沼津中学《学友会会报》上发表短歌《湿衣》九首。3月,从沼津中学毕业。前往台北的家人身边,但因父亲调任,又搬家至金泽,为高中入学考试做准备。

1927年(昭和二年) 20岁
4月,入读金泽第四高中理科甲类。加入柔道部。同年,征兵检查甲种合格。

1928年(昭和三年) 21岁
5月,应召加入静冈第三四联队,但因为在柔道活动中肋骨骨折,退伍回家。7月,参加在京都举行的柔道高中校际比赛,进入半决赛。8月,拜访住在京都的远亲足立文太郎,初见其长女足立文。从这一时期开始创作诗歌。

1929年(昭和四年) 22岁
2月,在诗歌杂志《日本海诗人》上发表《冬天来临之日》。此后,到1930年年底为止,一直在该杂志上发表诗歌。4月,担任柔道部的队长,但不久便退出了柔道部。5月,加入由福田正夫主办的诗歌杂志《焰》,到1933年5月左右为止,一直在该杂志上发表诗歌。同时还活跃于《高冈新报》《宣言》(内野健儿主办的无产阶级诗歌杂志)、《北冠》等刊物上。

1930年（昭和五年） 23岁
3月,从四高毕业。4月,入读九州帝国大学法文学部英文科,搬至福冈,但是不久就对大学生活失去了兴趣,前往东京,醉心于文学。从9月开始,放弃使用笔名井上泰,改为自己的本名。10月,从九州帝国大学退学。12月,在弘前,与白户郁之助等人一起创办同人杂志《文学abc》。

1931年（昭和六年） 24岁
3月,父亲在军医监(少将)的职位上退休,在金泽住了一段时间之后,退隐于伊豆汤岛。

1932年（昭和七年） 25岁
1月,杂志《新青年》上征集平林初之辅的未完遗作——侦探小说《谜一般的女人》的续集,以冬木荒之介的笔名参加征集并入选。此后,不断参加《侦探趣味》《SUNDAY每日》等主办的有奖小说征集活动并入选。2月,应召入伍,半个月后退伍。4月,入读京都帝国大学文学部哲学科,但是基本不去听课。从同年夏天开始,诗风发生改变,从分行诗转向散文诗。

1933年（昭和八年） 26岁
9月,以泽木信乃为笔名,小说《三原山晴夫》参加《SUNDAY每日》的"大众文艺"征集活动,被选为优秀作品。11月,《三原山晴夫》被大阪的剧团"享乐列车"改编成剧目并上演。

1934年（昭和九年） 27岁
3月，以泽木信乃为笔名，参与《SUNDAY每日》的"大众文艺"征集活动，小说《初恋物语》当选。4月，以大学在读的身份加入新成立的电影社脚本部，往返于京都和东京之间。

1935年（昭和十年） 28岁
6月，在《新剧坛》创刊号上发表首部戏曲创作《明治之月》。8月，与友人创办诗歌杂志《圣餐》。10月，以本名参加《SUNDAY每日》的"大众文艺"征集活动，侦探小说《红庄的恶魔们》当选。《明治之月》在新桥舞剧场上演。11月，与足立文结婚。

1936年（昭和十一年） 29岁
3月，从京都帝国大学文学部哲学科毕业。7月，参加《SUNDAY每日》的"长篇大众文艺"征集活动，《流转》当选为历史小说第一名，并获第一届千叶龟雄奖。以此获奖为契机，8月就职于每日新闻大阪总部。在《SUNDAY每日》编辑部工作。10月，长女几世出生。

1937年（昭和十二年） 30岁
6月，成为学艺部直属职员。9月，应召为中日战争候补人员。《流转》被松竹公司拍成电影。被编入名古屋第三师团派往中国北部，11月，患上脚气病，被送进野战预备医院。

1938年（昭和十三年） 31岁
3月，因病提前退伍。4月，回到每日新闻大阪总部学艺部工作。负责宗教栏目。10月，次女加代出生，但不久就夭折了。

1939年（昭和十四年） 32岁
除宗教栏目外,开始同时负责美术栏目。专注于对佛典、佛教美术等相关内容的取材。

1940年（昭和十五年） 33岁
与安西东卫、竹中郁、小野十三郎、伊东静雄、杉山平一等诗人交往。9月,因职务调整,转至文化部工作。12月,长子修一出生。

1942年（昭和十七年） 35岁
在从事出版社工作的同时,还在京都帝国大学研究生院进行研究活动。

1943年（昭和十八年） 36岁
1月,《大阪每日新闻》与《东京日日新闻》合并,成立《每日新闻》。4月,与浦上五六合著的《现代先觉者传》发行,所用笔名为浦井靖六。10月,次子卓也出生。

1945年（昭和二十年） 38岁
1月,成为每日新闻社参事。因为学艺栏被裁掉,4月,调动到社会部工作。岳父足立文太郎去世。5月,三女佳子出生。6月,家人被疏散到鸟取县。每天从大阪茨木出发去上班。8月15日,撰写终战文章《听完玉音广播之后》。12月,将家人托付给妻子娘家足立家照顾。

1946年（昭和二十一年） 39岁
1月,就任大阪总社文化部副部长。再次开始诗歌创作。

1947年（昭和二十二年） 40岁

以井上承也为笔名,参加《人间》第一届新人小说征集活动,9月,小说《斗牛》在当选作品空缺的情况下,入选优秀作品。4月,兼任大阪总社评论员。8月,家人迁居至汤岛。

1948年（昭和二十三年） 41岁

1月,完成小说《猎枪》的创作,参加了《人间》第二届新人小说征集活动,但没有入选。2月,协助竹中郁等人创办诗歌童话杂志《麒麟》,负责挑选诗歌。4月,任东京总社出版局书籍部副部长,独自一人前往东京,暂居于葛饰区奥户新町妙法寺。

1949年（昭和二十四年） 42岁

10月、12月,接连在《文学界》上发表《猎枪》《斗牛》。

1950年（昭和二十五年） 43岁

2月,《斗牛》获第22届芥川文学奖。3月,就任东京总社出版局代理负责人,专注于创作。4月,在《新潮》上发表短篇小说《漆胡樽》。5月,开始在《夕刊新大阪》上连载第一部报刊小说《那个人的名字无法说出》。7月,长篇小说《黯潮》开始在《文艺春秋》上连载。8月,《井上靖诗抄》发表于《日本未来派》。

1951年（昭和二十六年） 44岁

1月,开始在《新潮》上连载长篇小说《白牙》(至5月)。5月,从每日新闻社辞职,成为社友。专心从事文学创作。8月,开始在《SUNDAY每日》上连载《战国无赖》,在《文艺春秋》上发表《玉碗记》。10月,在《新潮》上发表《某伪作家的一生》。

1952年（昭和二十七年） 45岁
1月,开始在《妇人画报》上连载《青衣人》(至同年12月)。7月,开始在《新潮》上连载《黑暗平原》。

1953年（昭和二十八年） 46岁
1月,开始在《ALL读物》上连载《罗汉柏物语》。5月,开始在《周刊朝日》上连载《昨天和明天之间》。7月,在《群像》上发表《异域之人》。10月,开始在《小说新潮》上连载《风林火山》。12月,在《别册文艺春秋》上发表《古道尔先生的手套》。

1954年（昭和二十九年） 47岁
3月,开始在《朝日新闻》上连载《明日将至之人》,在《群像》上发表《信松尼记》,在《中央公论》上发表《僧行贺之泪》。

1955年（昭和三十年） 48岁
1月,在《文艺春秋》上发表《弃媪》。从昭和二十九年度下半期（第32届）开始担任芥川文学奖的选考委员。8月,开始在《别册文艺春秋》上连载《淀殿日记》(后改名为《淀君日记》),开始在《小说新潮》上连载《真田军记》。9月,开始在《每日新闻》上连载《涨潮》。10月,由新潮社出版新著长篇小说《黑蝶》。

1956年（昭和三十一年） 49岁
1月,开始在《新潮》上连载长篇小说《射程》。11月,开始在《朝日新闻》上连载《冰壁》。

1957年（昭和三十二年） 50岁
3月,开始在《中央公论》上连载《天平之甍》。10月,开始在《周刊读卖》上连载《海峡》。正在连载的《冰壁》引起了社会热议,成为畅销书。10月末,开始了首次中国之旅,为期近一个月。

1958年（昭和三十三年） 51岁
2月,凭借《天平之甍》获艺术选奖文部大臣奖。3月,在《中央公论》上发表《满月》。5月,在《世界》上发表《幽鬼》。7月,在《文艺春秋》上发表《楼兰》。10月,在《群像》上发表《平蜘蛛釜》。

1959年（昭和三十四年） 52岁
1月,开始在《群像》上连载《敦煌》。2月,凭借《冰壁》等作品获日本艺术院奖。5月,父亲井上隼雄去世。7月,在《声》上发表《洪水》。10月,开始在《文艺春秋》上连载《苍狼》,在《朝日新闻》上连载《漩涡》。

1960年（昭和三十五年） 53岁
1月,开始在《主妇之友》上连载《雪虫》。7月,受每日新闻社派遣前往罗马奥运会采风,周游欧美各国,11月末回国。《敦煌》《楼兰》获每日艺术大奖。

1961年（昭和三十六年） 54岁
1月,与大冈升平就《苍狼》产生论争。在《东京新闻》晚报等连载《悬崖》。6月末开始进行为期约半个月的访华。10月开始在《周刊朝日》上连载《忧愁平野》。12月,《淀君日记》获野间文艺奖。

1962年（昭和三十七年） 55岁
7月,开始在《每日新闻》上连载《城砦》。

1963年（昭和三十八年） 56岁
2月,开始在《妇人公论》上连载《杨贵妃传》,在《ALL读物》上发表《明妃曲》。4月,为创作《风涛》,前往韩国进行为期约一周的采风。6月,在《文艺》上发表《宦者中行说》。8月,开始在《群像》上连载《风涛》。9月末开始,进行为期约一个月的访华。

1964年（昭和三十九年） 57岁
1月,成为日本艺术院会员。2月,《风涛》获读卖文学奖。5月,为创作《海神》,前往美国进行为期约两个月的旅行采风。9月,开始在《产经新闻》上连载《夏草冬涛》。10月,开始在《展望》上连载《后白河院》。

1965年（昭和四十年） 58岁
5月,在苏联境内的中亚地区进行了为期约一个月的旅行。11月,开始在《朝日新闻》上连载《化石》。

1966年（昭和四十一年） 59岁
1月,分别开始在《文艺春秋》上连载《俄罗斯国醉梦谭》,在《世界》上连载《海神（第一部）》,在《太阳》上连载《西域之旅》。

1967年（昭和四十二年） 60岁
6月,开始在《每日新闻》晚报上连载《夜之声》。夏,受夏威夷大学邀请担任夏季研究班讲师,前往夏威夷旅行。诗集《运河》刊行。

1968年（昭和四十三年） 61岁
1月,开始在《SUNDAY每日》上连载《额田女王》。5月,前往苏联进行为期约一个半月的旅行,为《俄罗斯国醉梦谭》采风。10月,《西域物语》开始在《朝日新闻》周日版连载。12月,《北之海》开始在《东京新闻》等刊物连载。

1969年（昭和四十四年） 62岁
1月,分别开始在《世界》上连载《海神(第二部)》,在《太阳》上连载《西域纪行》。4月,就任日本文艺家协会理事长。《俄罗斯国醉梦谭》获新潮日本文学大奖。7月,在《海》上发表《圣者》。8月,在《群像》上发表《月之光》。

1970年（昭和四十五年） 63岁
1月,开始在《日本经济新闻》上连载《榉木》。9月,开始在《读卖新闻》上连载《方形船》。

1971年（昭和四十六年） 64岁
1月,开始在《文艺春秋》上连载美术游记《与美丽邂逅》。3月,前往美国进行约两周的旅行,为《海神》采风。5月,开始在《朝日新闻》上连载《星与祭》。诗集《季节》刊行。

1972年（昭和四十七年） 65岁
9月,开始在《每日新闻》晚报上连载《幼年时光》。由每日新闻社主办的"井上靖文学展"举行。10月,开始在《世界》上连载《海神（第三部）》。新潮社版《井上靖小说全集》(共32卷)开始出版发行。

1973年（昭和四十八年） 66岁
5月,前往阿富汗、伊朗等地进行为期约一个月的旅行。11月,母亲八重去世。沼津骏河平开设井上文学馆。

1974年（昭和四十九年） 67岁
1月，开始在《文艺春秋》上连载游记《亚历山大之道》。开始在《每日新闻》周日版上连载随笔《一期一会》。9月末开始为期约两周的访华。

1975年（昭和五十年） 68岁
5月，作为访华作家代表团团长，在中国进行了为期约20天的旅行。

1976年（昭和五十一年） 69岁
2月，前往欧洲进行为期约一周的旅行。6月，前往韩国进行为期约10天的旅行。11月，获文化勋章。进行为期约两周的访华。诗集《远征路》刊行。

1977年（昭和五十二年） 70岁
3月，用约10天的时间历访埃及、伊拉克等地。8月，进行为期约20天的访华，前往新疆维吾尔自治区。11月，开始在《每日新闻》上连载《流沙》。

1978年（昭和五十三年） 71岁
1月，开始在《文艺春秋》上连载《我的西域纪行》。5月至6月间访华，首次到访敦煌。

1979年（昭和五十四年） 72岁
3月，每日新闻社主办的"敦煌——壁画艺术与井上靖的诗情展"在大丸东京店等地举行。从夏到秋，跟随电影《天平之甍》摄影组、NHK丝绸之路采访组等多次前往中国等地旅行。

1980年（昭和五十五年） 73岁
3月,和平山郁夫一起参观印度尼西亚婆罗浮屠遗址。4月末开始,和NHK丝绸之路采访组一起行走于西域各地。6月,任日中文化交流协会会长。8月,访华。10月,和NHK丝绸之路采访组一起获菊池宽奖。获佛教传道文化奖。

1981年（昭和五十六年） 74岁
1月,开始在《群像》上连载《本觉坊遗文》。4月,开始在《太阳》上连载随笔《站在河岸边》。5月,任日本笔会会长。9月末,在夫人的陪伴下前往中国旅行,为创作《孔子》采风。10月,就任日本近代文学馆名誉馆长。获放送文化奖。

1982年（昭和五十七年） 75岁
5月,《本觉坊遗文》获新潮日本文学大奖。5月末、11月末、12月末到次年初,三次前往中国旅行。出席巴黎日法文化会议。

1983年（昭和五十八年） 76岁
6月(两次)和12月访华。

1984年（昭和五十九年） 77岁
1月至5月,由每日新闻社主办的展览"与美丽邂逅 井上靖 无法忘怀的艺术家们"在横滨高岛屋等地举行。5月,作为运营委员长主持国际笔会东京大会。11月,访华。

1985年（昭和六十年） 78岁
1月,获朝日奖。6月,在夫人的陪伴下,和《俄罗斯国醉梦谭》摄影组一起访问苏联。10月,访华。

1986年（昭和六十一年） 79岁
4月,访华,被授予北京大学名誉博士称号。9月,因食道癌在国立癌症中心住院,接受手术治疗。

1987年（昭和六十二年） 80岁
5月,在夫人的陪伴下前往法国,并游历欧洲各地。6月,开始在《新潮》上连载最后的长篇小说《孔子》。10月,访华。

1988年（昭和六十三年） 81岁
5月,前往中国进行为期10天的旅行,访问孔子的家乡曲阜,为创作《孔子》采风。这是他第27次中国之行,也是最后一次。诗集《旁观者》刊行。

1989年（昭和六十四年·平成元年） 82岁
12月,《孔子》获野间文艺奖。

1991年（平成三年） 84岁
1月29日,在国立癌症中心去世。2月20日,在青山斋场举行葬礼,戒名:峰云院文华法德日靖居士。

译后记

对喜爱日本文学的读者而言，井上靖这个名字并不陌生。他获奖众多，曾荣获芥川奖、艺术选奖文部大臣奖、日本艺术院奖、每日艺术奖、野间文艺奖、读卖文学奖、日本文学大奖、千叶龟雄奖等，曾任日中文化交流协会会长、日本艺术院会员、日本文化财保护委员会委员、日本文艺家协会理事长等。他的数十部小说被改编成电影。1973年，他的故乡静冈县设立了井上靖文学馆。1976年，日本政府为他颁发了文化勋章。

井上靖以其《敦煌》《孔子》《楼兰》《天平之甍》等与中国相关的作品以及深厚的中国情结为中国读者所熟知。他曾27次到访中国，多次担任日本作家访华代表团的团长。1957年，井上靖作为日本作家访华代表团的团员之一，初次访问中国。1961年他再次参加日本作家访华团，1963年为参加鉴真和尚圆寂1200周年纪念活动，作为日本文化界代表团的一员第三次访华。他访华期间多次受到周恩来总理的亲切接见，在回忆录中详细记述了内心的激动和所感受到的温暖。井上靖访华期间与郭沫若等中国文化界人士进行了交流，与巴金、冰心等中国作家保持了数十年的深厚友谊。

对于多年从事日本研究的我来讲，能够邂逅并翻译井上靖的名作是一种奇妙的缘分。我2020年翻译了井上靖的《战国城砦群》。《风·云·城砦》是我翻译的第二部作品。这两部作品都以风云变幻的日本战国时代为背景，都可以被归为"时代小说"，即以历史为舞台，创造出架空的人物，依靠自由奔放的空想展开脉络的小说[①]。《风·云·城砦》的时间设定是从武田信玄重病去世开始，至武田被德川和织田联合大军所败为止。小说于1952年11月–1953年4月在《读卖新闻》连载，1953年由新潮社出版，1960年由角川文库出版。1961年由森一生导演拍成同名电影。

小说描写了战国时代三男三女的故事。武田信玄为了号令天下而涌入德川领地。左近八郎、山名鬼头太、俵三藏三位野心勃勃的青年就在德川的杂兵之中。而三名女性分别是出身高贵但身负灭门之仇的真公主安良里、邂逅三藏后自命名为"公主"的野性女子、被鬼头太和俵三藏深爱却唯独钟情八郎的美雪。

[①] 此处引用文春文库1990年第8次印刷《战国城砦群》后记里文艺评论家福田宏年的说法。

俵三藏对美雪怀有好感，但在城池陷落后逃出后，误入土匪帮，因彪悍威猛被土匪首领的情妇"公主"看中，打败原来的土匪首领并取而代之。后来虽也参与战斗，但被"公主"一心一意的爱情牵绊，远离了硝烟弥漫的战场。

山名鬼头太认为在战国时代能够崛起的男人都不过是运气好而已。他一向按照石头占卜来决定在战场上的行动，是追赶还是放弃，是向左还是向右。有意思的是其占卜总是神奇地应验。他对美雪情根深种，因此把八郎视为不共戴天的情敌。最终在机缘巧合下与美雪重逢，明知她心系八郎，却依然选择与她在一起。

令人印象深刻的是八郎和安良里二人的虐恋。在小说开篇，八郎作为野田城主设乐贞通的替身，被武田军俘虏，却意外地被武田军的座上宾安良里公主救了一命。他被安良里的魅力所吸引，听从她的建议投降武田。当八郎得知安良里是德川军的间谍时，不禁愕然。原本为了报灭门之仇而利用八郎为自己刺探情报的安良里，最终却在大战爆发前夕为营救八郎而牺牲生命。互相吸引的二人死于无情的战火之中。小说把安良里出身高贵、居高临下、颐指气使的姿态描写得活灵活现。八郎那种在乱世追求出人头地的野心和抱负也跃然纸上。

故事发生的主要地点之一是长筱城。长筱城今位于爱知县新城市，是一座建造在宇连川和寒狭川交汇处北侧悬崖绝壁上的天然要塞之城。永正五年（1508），菅沼元成建成这座城池之后，其子孙据守于此，菅沼氏雄踞一方。但是，到了菅沼正贞一代，菅沼氏被德川、武田两大势力玩弄于股掌之间，最终遭遇悲惨的命运。围绕这座小城，武田和德川两军展开了多次激烈的争夺战。里面的人物也拥有与城堡相似的命运，短短几年时间里，在德川和武田之间兜兜转转。

杉森久英在1960年角川文库出版的《风·云·城砦》后记解说中解释了小说的主题：历史的洪流滚滚向前，与此相对的是人们无法与之抗衡的无力感，并认为这一主题在《风林火山》、《天平之甍》、《敦煌》、《射程》等作品中都有所体现。翻译家文洁若在《井上靖和他的作品》中评论说："他的作品能够紧密地贴近现实，反映社会生活，因而具有强烈的现实主义倾向，大多富于社会意义。"

在中国，有关日本战国时代的小说、电视剧、电影等很受欢迎。很多中国受众通过游戏、NHK大河剧、小说等了解到日本战国时代风起云涌的历史。同样，英雄辈出的三国题材在日本经久不衰。早在公元760年之前陈寿的《三国志》就已传入日本，因为那时的古籍《藤氏家传》里已经出现了把日本朝廷重臣苏我入鹿比作奸臣董卓的说法。横山光辉的漫画《三国志》深受日本年轻人欢迎，并被拍成了动画片。这些取材于历史的文化产品为两国年轻人提供了交流的共同话题和深化对对方国家认知的机会。期待这部译作也能成为中日文化交流的桥梁。

"两句三年得，一吟泪双流"。翻译过程比较艰苦，历时近十个月，每日捧着小说逐字研读，最难的是要沉浸其中体会出场人物的喜怒哀乐。为求地道，我找了身边几位非日语专业的好友对译文先睹为快。非常感谢2019年访问重庆出版集团时所结识的唐舒、冀嘉璇同学，在北京做编剧的许建良，我初中和高中时代的同窗于治涛等人认真试读部分章节并坦率地提出宝贵意见。

最后，非常感谢重庆出版集团的编辑许宁对于该书进行的认真审校，感谢编辑魏雯在策划这套井上靖先生丛书过程中所倾注的心血以及复审工作。"千淘万漉虽辛苦，吹尽黄沙始到金"。这部作品能够面世，也要归功于编辑们的认真斟酌和推敲。编辑们在封面设计和纸张使用上也都独具匠心。期待作品以赏心悦目的姿态呈现给读者。

张梅

甲辰年于北京陋室